송하
新무협 판타지 소설

귀혼 4

송하 新무협 판타지 소설

초판 1쇄 찍은 날 § 2007년 10월 25일
초판 1쇄 펴낸 날 § 2007년 11월 5일

지은이 § 송하
펴낸이 § 서경석

편집장 § 문혜영
편집책임 § 심재영
편집 § 유경화 · 김규진

펴낸곳 § 도서출판 청어람
등록번호 § 제1081-1-89호
등록일자 § 1999. 5. 31
어람번호 § 제2-1324호

주소 § 경기도 부천시 원미구 심곡1동 350-1 남성B/D 3F (우) 420-011
전화 § 032-656-4452 팩스 § 032-656-4453
http://www.chungeoram.com
E-mail § eoram99@chollian.net

ISBN 978-89-251-0987-9 04810
ISBN 978-89-251-0787-5 (세트)

귀혼

4

송하 新무협 판타지 소설
FANTASTIC ORIENTAL HEROES

도서출판
청어람

第二章　불패(不敗)

초면(初面) 4

청광이 난다. 검명이 울려 퍼진다.

수연을 도와준 그 사내는 그 흉흉한 곳에서 춤을 추듯 자유롭게 노닐고 있다. 수연은 문득 사내의 모습이 즐거워 보인다고 느꼈다.

운명? 그런 것은 믿어본 적 없었다. 그런 것은 약자들의 위안거리라 말하던 강민 오라버니의 영향이기도 했지만 자신이 점이나 역술 같은 잡기를 접할 기회가 별로 없었기 때문이기도 했다.

하지만 지금 수연은 세상에 운명이란 것이 존재하고 있는 것인지도 모른다는 느낌을 받고 있었다.

눈앞의 사내, 자신을 도와줬고 자신의 앞에서 적들과 싸우고 있는 사내를 보며 느껴지는 감정 때문이다.

이해할 수 없는 일이다.

과거의 기억은 흐려졌고, 당시 사내에게 느꼈던 감정들은 어린 나이의 치기로 여기게 된 지 오래였다.

사내와 함께 있었던 것은 극히 짧은 시간이었고, 수연은 사내에 대해 이름 이외에는 아무것도 알지 못했다. 수연으로서는 당시의 감정을 긍정하는 것이 더 이상한 일이다.

한데 지금 사내를 보며 다시 그때 사내를 보며 느꼈던 감정들이 되살아나고 있었다.

눈앞의 사내의 정체에 대해 무엇 하나 알 방법도, 알 단서도 없지만 그럼에도 수연은 알 수 있었다.

지금 자신의 눈앞에서 싸우는 사내가 과거 자신이 머무르던 저택에 불쑥 찾아왔고 이후 동창의 습격에 반죽음 상태가 되어 자신이 간호했던 그 사내, 진원명이라는 사실을 말이다.

*   *   *

부웅! 쩌엉! 채앵!

무정귀를 피해 뒤로 몸을 날리며 용유진을 몰아쳐 물러나게 하고 가까스로 백무귀가 던져 낸 수리검을 퉁겨낸다.

부욱!

방어가 조금 얕았다.

수리검이 진원명의 허벅지를 살짝 스치고 지나간다. 힘이 제대로 들어가는 것으로 보아 살갗만 약간 벗겨진 듯했다.

다행이라 생각할 새도 없이 백무귀의 채찍이 눈을 어지럽힌다.

수리검과 채찍의 연환은 눈부시게 빨랐다. 채찍을 베어버리려는 듯한 진원명의 검과 그 검을 피해 마치 살아 있는 듯 움직이는 채찍이 허공을 노닌다.

부웅! 부웅!

진원명은 채찍보다 백무귀의 허리께를 주목했다. 백무귀의 수리검이 어디서 튀어나온 것인지 궁금했기 때문이다.

대결의 양상은 지난번과 달랐다.

지난번과 환경적으로도 싸우는 숫자로도 차이가 있으니 당연한 결과인지도 모른다.

하지만 실질적인 차이는 그런 외부적으로 드러난 부분이 아닌 내적으로 보이지 않는 부분에 있었다.

진원명은 지난번과 비교해 좀 더 나은 집중력을 보여주고 있었다. 그리고 지난번 대결보다 무정귀의 검술에 적응된 상태였다.

무정귀의 검술은 위협적이었지만 그 위협이 발휘되는 범위가 한정적이다.

진원명은 그 범위를 이제 제법 익숙하게 꿰뚫어 볼 수 있었다.

조금씩 진원명은 열세에서 벗어나고 있었고, 간간이 위협적인 반격을 펼치기 시작했다. 그때 나오기 시작한 것이 백무귀의 수리검이었다.

백무귀의 수리검은 지금까지 단 세 번 던져졌는데 모두 진원명의 반격을 끊어 상황을 뒤집을 기회를 차단했다.

던지는 수법은 일류라 하기 어려웠지만 실질적인 위력은 은비연의 비도에 버금갈 정도로 위협적이었다.

이런 공격을 취한다는 것은 백무귀가 지금 일어나고 있는 교전의 상황을 정확하게 꿰뚫고 있다는 것이고 무공을 읽는 눈이 뛰어나다는 것인데, 펼치는 무공들은 대개가 수련의 성취가 높지 않은 일회성의 필살기에 가까웠다.

"쥐새끼 같은 녀석!"

후웅!

세 번의 공방을 마주칠 틈도 없이 무정귀가 쇄도해 왔다.

좌측으로 재빨리 회피하려 했지만 마침 그 위치에서 용유진이 달려들고 있었다. 진원명은 재빠르게 백무귀를 향해 뛰어들어 무정귀의 공세를 피했다.

짜악! 짝!

채찍이 진원명의 등허리를 두들긴다. 일부러 맞으러 들어갔기에 제대로 힘이 실린 타격은 아니지만 그렇다 해도 고통은 심했다.

백무귀가 진원명의 접근이 두려워 황급히 물러났다. 그리고 그 순간 진원명의 신형이 반전하며 무정귀를 향해 폭사했다.

후우웅!

째앵!

과거 고목귀와 싸울 때 고목귀가 사용했던 수법이다. 진원명의 급박한 방향 전환에 놀란 무정귀의 검이 진원명의 검과 다시 한 번 부딪쳤다.

무정귀는 아까 전과 같은 충격을 대비하며 검에 힘을 잔뜩 실었지만 진원명의 대응은 방금 전과 달랐다.

진원명은 무정귀의 온 힘과 기세가 실린 공격을 마공으로 받아 검로만 살짝 비틀어 바꿨다.

"무, 아니, 서 누님! 왜 저를!"

바로 진원명에게 달려들고 있는 용유진을 향해서이다.

"젠장! 비켜!"

좌악!

용유진의 가슴에서 선혈이 튀었다.

용유진은 무정귀의 검을 차마 튕겨내지 못하고 대신 몸을 틀어 피하려 했다. 그 고지식함이 독이 되 용유진은 가슴에 길게 상처를 입고 말았다.

"이런! 괜찮아?"

휘익!

채앵!

진원명이 당황하는 무정귀의 배후를 노리려 할 때 백무귀의 수리검이 날아들었다.

진원명이 살짝 머뭇거리는 새에 무정귀가 자세를 수습하고 진원명을 노려본다.

"왜 나를?"

용유진이 가슴을 부여잡고 주저앉아 묻는다.

"젠장, 내가 일부러 그런 게 아니야! 그렇게 피하라고 했잖아!"

무정귀가 용유진을 돌아보며 외쳤다.

"사매의 검로를 저놈이 비틀어 버린 것이다. 내공마저 빨아들이는 녀석이니 이상할 것도 없지. 상대방의 힘을 이용하는 무공을 극성으로 수련한 것이 분명하다. 일단 우리 두 명이 상대해 볼 테니 너는 상처부터 다스려라."

백무귀가 말한다. 무정귀가 긴장된 표정으로 백무귀를 돌아보았다.

"사형, 혹시 그 수법을 쓸 건가요?"

백무귀가 살짝 고개를 저으며 대답한다.

"적이 대단한 고수지만 그 수법 없이도 우리 둘이라면 어떻게든 버틸 수 있을 것이다. 나머지 인원들이 아군에게 압도당하고 있으니 우린 시간만 끌어도 된다."

진원명은 눈을 가늘게 뜨고 두 사람을 바라보았다.

숨겨둔 한 수가 있는 것일까? 아니면 단순한 허세인 것일까?

무정귀는 여전히 위협적이었고 부담되는 상대였지만 백무귀는 그렇지 않았다.

백무귀가 지금까지 보여준 무공이 백무귀의 전부라면 백무귀는 진원명과 제대로 마주했을 때 길게는 버텨내지 못할 것이다.

하지만 지금까지 백무귀는 위기 상황마다 예측하기 어려운 수법을 펼쳐 보였었다. 모두가 처음에만 큰 위력을 발휘하는 일회성의 필살기들이다. 그런 무공이 아직 남아 있다면 자칫 섣불리 달려들다가 자신이 되레 당할지도 모르는 일이었다.

진원명은 길게 고민하지 않았다.

타닷!

어차피 닥쳐 봐야 알 일이다. 무정귀를 피해 백무귀를 제압한다. 진원명은 그것이 지금 상황에서는 최선일 것이라 생각했다.

무정귀가 재빨리 백무귀의 앞을 가로막았다.

부웅! 짜악!

무정귀의 검과 백무귀의 채찍이 휘둘러졌다. 진원명은 살짝 몸을 틀어 두 사람의 공격을 피했다.

무정귀는 진원명을 쫓지 않았다. 진원명이 눈살을 찌푸리며 다시 달려들었다.

부웅, 부웅!

무정귀와 검을 나누는 척하다가 재빠르게 우측으로 벗어났다. 백무귀의 채찍이 날아들었지만 큰 위협은 되지 않았다. 진원명은 채찍을 쳐내고 다시 뒤로 물러섰다.

일부러 빈틈을 보이며 무정귀의 공격을 유도한 움직임이었지만 무정귀는 백무귀의 앞에 선 채 움직이지 않았다.

아마 무정귀 역시 자신이 노리는 것이 무엇인지 알고 있는 듯했다.

진원명은 처음엔 당황했지만 이내 침착을 되찾았다.

타닷!

진원명은 빠르게 무정귀를 피해 백무귀의 주변을 돌았다.

우웅! 짝! 짜악!

채찍과 검이 휘둘러진다. 진원명은 그 검들을 가볍게 피하며 다시 뒤로 몸을 뺐다.

"역시."

예상대로였다. 무정귀는 백무귀의 곁을 벗어나려 하지 않았다. 혹시나 자신이 진원명을 놓치게 돼 백무귀와 진원명이 단독으로 싸우게 되는 경우를 막고자 하는 수세적인 자세이다.

진원명은 주변을 둘러보고 고개를 살짝 끄덕였다. 적들의 의도가 무엇인지 알 수 있었다.

그리고 그 의도가 자신에게 하나의 기회가 될 것 또한 알 수 있었다.

타다다닷!

진원명은 다시 백무귀 주위를 돌았다. 백무귀와 무정귀가 황급히 진원명을 쫓았다.

부웅! 부웅!

적들이 산발적으로 검과 채찍을 휘둘러 왔지만 오래 계속되지 못했다. 움직임이 제약된 적들은 금세 수세에 몰렸다.

흐름은 처음과 반대가 되었다. 진원명은 공세를 펼치고 적들은 방어에 주력했다.

적들의 의도는 명백해졌다. 지금 적들은 시간을 끌고 있었다.

"이것으로 충분하다."

백무귀가 중얼거렸다.

무정귀가 살짝 고개를 끄덕였다. 수비를 군히며 아군이 적들을 압도하기를 기다리기만 하면 족하다. 두 사람은 그렇게 생각하고 있었다.

간신히 버티고 있는 복면인들은 언제 밀리더라도 이상하지 않게 위태로워 보였지만 무정귀와 백무귀가 만들어낸 방어벽은 그 복면인들이 열 번 고쳐 밀려도 무너지지 않을 정도로 견고해 보였다.

진원명의 선전에도 불구하고 지금의 전체적인 상황은 진

원명에게 불리했다. 누가 보더라도 그렇게 생각할 것이다.

"그래, 그렇게만 생각하고 있어라."

진원명은 낮게 중얼거렸다. 진원명은 상황이 불리하다고 만 여기지는 않았다.

진원명에게는 적들이 알지 못하는 한 수가 있었기 때문이다. 바로 진기의 방출이다.

타닷! 타다닷!

진원명의 움직임이 더 빨라졌다.

진기의 방출은 방어가 무의미한 수법이다. 그리고 이처럼 수비적인 적이라면 자신의 진기의 방출을 창졸지간에 피하는 것은 거의 불가능하다.

지금 같은 상황에서는 단번에 승부를 뒤집을 수 있는 최적의 수법이라 할 수 있을 것이다.

타타탓!

하지만 진원명은 신중했다.

진기의 방출은 시전 이후 분명 빈틈이 생기는 기술이고 만약 두 사람 모두 피한다면 최악의 상황에 몰리게 될 수도 있다.

진원명은 완벽하게 공격이 성공할 수 있는 상황을 만들려하고 있었다.

무정귀는 계속해서 진원명의 앞을 가로막았고, 진원명은 그 주변을 돌며 공격을 펼쳤다. 백무귀의 채찍이 간간이 무정귀의 몸을 넘어 진원명에게 뻗어왔다.

타닷, 타닷!

진원명의 신형이 무정귀의 앞에서 방향을 세 번 바꾸며 맴돌았다.

무정귀를 무시하고 백무귀의 채찍을 노리는 몸놀림이다. 무정귀가 인상을 쓰며 검을 찔러왔다.

부웅!

진원명이 아슬아슬한 몸놀림으로 피했다.

무정귀의 검로가 부드럽게 이어지며 진원명의 뒤를 따랐다.

진원명은 흐트러진 자세로 뒤로 몇 걸음 물러서다가 어느 순간 훌쩍 뒤로 몸을 날려 무정귀와의 거리를 벌렸다.

무정귀가 진원명을 계속 쫓으려다가 움찔하며 걸음을 멈췄다.

진원명은 마치 그런 상황을 예상한 듯 재빨리 다시 뛰어들어 무정귀를 노렸다.

무정귀는 황급히 검을 뻗어 진원명을 노렸지만 자세가 흐트러진 터라 평소의 기세가 실려 있지 않았다.

후웅!

진원명은 무정귀의 겨드랑이 옆을 스치고 옆으로 지나갔다.

"이 녀석!"

무정귀가 급하게 몸을 틀며 뒤로 물러섰다. 백무귀를 가로막으려 하는 것이다.

기회였다.

진원명은 검에 진기를 끌어 모으기 시작했다.

우우웅

"꺄악!"

그때 여인의 비명 소리가 들려왔다.

진원명의 집중이 흩어졌고, 검에 모이던 진기 또한 같이 흩어졌다.

진원명이 황급히 적들과 거리를 벌리며 비명 소리가 들려온 뒤쪽을 돌아봤다.

도망치고 있는 수연과 그녀를 뒤쫓는 한 사내의 모습이 보였다.

"멈춰!"

진원명이 소리치며 황급히 몸을 날려 사내의 앞을 막아섰다.

"으헉!"

사내가 자신의 눈앞에 나타난 진원명의 모습에 기겁하며 걸음을 멈추었다.

진원명이 화난 표정으로 사내를 향해 검을 뻗었다.

부웅!

하지만 곁에서 날아든 무정귀의 검이 방해했다.

채앵!

"젠장! 신용이 없는 자들이군. 당신들이 그렇게 나온다면 나 또한 마찬가지로 약속 따윈 지키지 않을 것이오!"

뒤이어 사내를 가로막고 선 백무귀가 고개를 젓는다.

"미안하지만 저자는 내 동료일 뿐 내 지시를 받는 자가 아니라네. 나로서도 어쩔 수 없으니 이해해 주게."

"젠장!"

백무귀의 말이 사실이란 것을 자신도 모르는 바는 아니다.

진원명이 욕설을 내뱉고 있을 때 몇 명의 사내가 싸우는 세 사람의 주변으로 다가오는 모습이 보였다.

싸우고 있는 이들을 돌아보니 대부분 복면인들이 다치고 지쳐 힘을 쓰지 못하는 가운데 단 한 명만이 아직까지 맹위를 잃지 않고 싸우고 있었다. 아무래도 그 한 명을 상대하는 데 많은 사람이 필요하지 않으니 몇몇 무사들을 빼내 이귀를 도우도록 한 모양이다.

진원명이 수연을 돌아보았다.

전생의 수연은 그래도 어느 정도는 무공을 펼칠 줄 아는 상태였지만 지금의 수연은 아예 아무런 무공도 익히지 않은 모양새다.

진원명은 눈살을 찌푸렸다. 이귀를 상대하며 다른 자들로부터 수연을 보호하는 것이 가능할까?

우웅, 우우웅—

그때 좌측에서 무정귀가 덤벼들었다. 진원명의 빈틈을 노린 기습적인 공격이다.

화가 난 상태였던 진원명이 돌아보며 힘껏 칼을 내질렀다.

후웅!

잔뜩 마공을 끌어올린 진원명의 검에서 검기가 길게 뻗어나갔다. 뜻밖의 거센 반격에 무정귀가 팔에 자상을 입고 놀라 물러섰다.

"이런 괴물 같은 자식!"

무정귀의 물러나는 자세에서 빈틈이 보였지만 진원명은 무정귀의 뒤를 쫓지 못했다.

무정귀와 시기를 맞춰 몇몇 사내들이 수연에게 달려들려 했기 때문이다. 진원명이 입술을 깨물고 다시 수연 곁으로 돌아왔다.

"괜찮아, 수연?"

진원명이 주변을 돌아보며 고민했다.

악벌단에서 떨어져 나온 몇몇 사내들이 멀찍이서 진원명과 수연을 포위하고 있었다.

저들은 자신의 움직임이 수연으로 인해 제약된다는 것을 눈치 챈 듯했다.

저들의 무공은 대단하지 않지만 저들 때문에 자신의 움직임이 제약되니 그것만으로도 충분히 부담스럽다.

상황이 너무 어려워졌다. 지금 수연만이라도 구해서 도망쳐야 하나?

쇄액! 쇄액!

진원명이 고민하고 있는 그때 진원명의 뒤편에서 익숙한 바람 소리가 들려왔다. 진원명에게는 너무도 반가운, 바로 은비연의 비도가 내는 소리였다.

초면(初面) 5

"끄윽!"

"으악!"

"젠장, 또 적이다!"

진원명을 포위한 사내들 중 두 명이 쓰러졌다.

적들이 주변을 경계했다. 하지만 지금 날아드는 무기는 그처럼 경계한다고 해서 막을 수 있는 것이 아니다.

쇄액! 쇄액!

"크윽!"

"흐억!"

다시 두 사람이 쓰러졌다. 이번에는 동창의 이귀도 낯빛이 변해 물러섰다.

"설 당주? 마교의 인물들인가?"

악벌단이 물러섬에 따라 싸움은 멈췄다. 지금처럼 팽팽한 대결 상황에서 보이지 않는 곳에서 날아드는 정확한 비도는 너무도 위력적이다.

악벌단이 물러났지만 복면인들은 악벌단에게 역습을 가하지 못했다.

그만한 여력이 없었던 것이다. 적들이 물러서는 모습을 본 두세 명의 복면인들은 비틀거리며 그 자리에 쓰러졌고 나머지 복면인들은 서 있긴 했지만 그들보다 나아 보이지 않았다.

아까 전 싸움에 맹위를 떨치던 자가 그나마 힘이 남아 있는 자들과 함께 부상자들을 수습하여 진원명에게 다가왔다.

진원명은 슬쩍 자신의 뒤편 어둠 속을 바라보았다. 아마 은비연이 조금만 늦었다면 그들은 모두 적들에게 당하고 말았을 것이다.

"당신은, 날 구하기 위해 와준 것인가요?"

문득 곁에서 작은 목소리가 들려왔다.

수연의 목소리다. 진원명이 의아한 표정으로 수연을 바라봤을 때, 다가온 복면인이 진원명에게 말했다. 아마도 그가 복면인들의 수장인 듯했다.

"누구신지 모르지만 은공의 도움에 감사드립니다. 그리고 은 소저께도 감사드립니다."

이자들은 은비연의 존재를 벌써 알고 있었나? 진원명이 의문을 느끼며 사내를 바라보았다.

복면으로 얼굴을 가렸지만 드러난 눈빛이 상당히 매섭다.

"아, 그러고 보니 제 소개를 빼먹었군요. 제 이름은 박철우라고 합니다."

사내가 이어서 말했다. 사내가 은비연을 어떻게 아는지 궁금했지만 그런 것들을 일일이 따지고 들 만큼 한가한 처지가 아니었기에 진원명은 이내 적들을 바라보며 물었다.

"그보다 물러날 곳이 필요합니다. 혹시 계획해 둔 도주로가 있습니까?"

박철우가 고개를 끄덕였다.

"물론 도주로는 있습니다. 저희의 뒤쪽에 있는 남문을 통해 빠져나가 십 리 정도 이동하면 호수가 나오는데 그곳에 작은 배 두 척이 매어져 있습니다. 하지만 적들이 물러나는 우리를 그냥 지켜보지는 않을 듯합니다."

진원명 역시 그렇게 생각했다. 진원명이 결연한 표정으로 작게 고개를 끄덕였다.

"맞습니다. 그러니 누군가가 이곳을 막아야 하겠지요."

*   *   *

"저놈들의 기색이 심상치 않군요."

장수생이 중얼거렸다. 청허가 고개를 끄덕였다.

"아마 물러나려는 모양입니다."

"그럼 도망가기 전에 한 번 더 붙어봅시다."

장수생이 호기롭게 말하자 청허의 사제인 청명이 한숨을 내쉬었다.

"장 대협은 방금 전 비도를 보시지 못했습니까? 그 비도에만 순식간에 네 명이 당했습니다. 주변을 좀 살피십시오. 우리는 적들의 증원군이 누구이고, 어디에 있고, 얼마나 되는지 어느 것 하나 알지 못합니다. 지금 덤벼들었다간 남은 인원들마저 모두 당하고 말 것입니다."

장수생이 주변을 돌아보니 멀쩡하게 서 있는 사람이 모두 합쳐 아홉 명밖에 되지 않았다.

"싸움만 잘하면 부단주인 건가? 내가 보기엔 거기 청년이 부단주를 하는 것이 낫겠군."

무정귀가 빈정거렸다. 장수생이 무안한 듯 묻는다.

"그럼 어떻게 하는 것이 좋겠는가?"

"지금 덤벼들지만 않으면 됩니다. 적들은 심한 부상자들이 있으니 도주가 느릴 겁니다. 그냥 적들이 도망치도록 내버려뒀다가 뒤를 치면 됩니다."

참으로 단순한 방법이다. 장수생이 고개를 푹 숙였다.

"그, 그렇구먼."

"하지만 적들도 그 사실을 알고 있으니 방법을 마련하겠지."

장수생의 뒤편에서 목소리가 들려왔다. 바로 백무귀였다.

"지금 적들에게 무슨 방법이 있겠습니까?"

청명이 의아한 듯 묻자 백무귀가 답했다.

"지켜보면 알게 되지 않겠소?"

*   *   *

"그럴 수는 없습니다."

박철우가 눈살을 찌푸렸다.

진원명이 슬쩍 뒤를 돌아본다. 쓰러져 있는 복면인들과 그들을 보살피는 이들, 그리고 수연의 모습이 보인다.

"다른 방법이 없습니다. 이들의 부상이 심하니 이곳에 남는다 해도 별 도움이 되지 않을 겁니다."

"그렇다 해도 은공들만을 남겨두고 가는 것은……."

"무리하지 않고 시간만 끌 것입니다. 적들은 은 누님의 비도를 당해내지 못합니다. 지금의 위치만 고수한다면 쉽게 공격해 오지는 못할 것입니다."

이런 어두운 밤에 몸을 숨긴 채 던져지는 은비연의 비도는 안다 하더라도 막기 어렵다.

진원명은 한때 자신도 경험해 본 그 비도의 위력을 믿었다.

박철우가 잠시 생각하더니 말했다.

"그렇다면 저도 남겠습니다. 은공들만을 남겨두고 갈 수는 없지요. 미력하지만 도움이 될 것입니다."

진원명이 빙긋 웃으며 고개를 끄덕였다. 이자는 의리가 있어 보여 호감이 들었다.

그때 장내에 네 명의 사람들이 들어왔다. 뒤처진 악벌단의 인물들이다.

사내의 표정이 굳었다.

사내의 눈에는 그들의 모습이 새롭게 도착하기 시작한 증원군으로 보였다. 사내가 황급히 말했다.

"그럼 다른 인물들을 먼저 도주시키겠습니다."

진원명 또한 들어온 네 사람에게 주의를 기울이느라 조금 늦게야 고개를 끄덕였다.

사내는 이미 재빠르게 수하들에게 저택을 빠져나가도록 지시하고 있었다.

들어온 네 사람 중 단목영이 있었다.

진원명은 그나마 날이 많이 어두워진 것이 다행이라 여겼다. 자신은 미처 목깃에 놓아진 수를 지우지 않은 상태였다.

"은 소저와 은공은 우리와 무관한 사람들인데 왜 이런 위험을 감수해 주시는 겁니까?"

문득 박철우의 목소리가 들려왔다. 고개를 돌려 박철우를 바라보았지만 박철우는 수하들을 바라보고 있었다.

복면인들은 박철우의 지시를 받아 그나마 멀쩡한 이가 부상자를 들쳐 메고 저택을 빠져나가고 있었다. 진원명은 순간 대답할 말을 찾지 못했다.

그리고 보니 지금 자신은 왜 이처럼 열심히 이들을 구하려 하고 있는 것인가?

진원명이 대답을 머뭇거리고 있을 때 박철우가 말을 이었다.

"어찌 되었건 오늘 우리를 도와주신 은혜는 내 결코 잊지 않겠습니다. 은공들에게 반드시 보답할 것입니다."

돌아보는 사내의 눈빛에 진심이 묻어 있었다. 진원명은 손을 저었다.

"그럴 필요 없소."

사내의 이런 진심은 부담되었다. 자신은 원래 이렇게까지 할 생각이 없었다.

생각해 보면 자신은… 엉겁결에 여기까지 와버린 듯하다.

이들을 돕는 것은 아민을 만나고, 한유민과 무민을 돕는 일에 따르는 덤과 같은 것이었다.

자신은 지금과 조금만 상황이 달랐다면… 만약 이들 중 수연이 없었다면 아마 악벌단에 의해 죽어가는 이자들을 그냥 외면했을지도 모른다.

"나도 남으면 안 될까요?"

진원명이 목소리가 들려온 방향으로 고개를 돌렸다. 자신을 바라보는 큰 눈망울이 보였다.

바로 수연이다.

"무슨 소리를 하는 것이냐? 무공도 모르는 네가 남아서 뭘 어쩌려고. 방해되지 않게 어서 다른 사람들과 함께 떠나거라."

사내가 화난 목소리로 질책했다. 수연이 풀 죽은 표정으로 고개를 숙였다.

"우리가 힘을 다해 저들의 추격을 막을 것이니 걱정하지 않아도 되오."

질책받은 수연이 안쓰러워 보여 진원명이 말했다.

"그, 그게 아니라……."

수연은 뭔가 중얼거리다가 주변에서 채근해서야 다른 사람들과 함께 저택을 빠져나갔다.

* * *

적들이 뒷문으로 빠져나가는 것을 본 장수생이 욱해서 외쳤다.

"저놈들이 도망치려 하고 있소!"

"우리도 눈이 있으니 알고 있소."

장수생이 대답한 백무귀를 슬쩍 째려봤지만 백무귀는 태연하게 빠져나가는 적들을 바라보았다.

잠시 후 모든 적들이 빠져나가고 두 명이 남았다.

"저들이 이곳을 막을 모양이군요."

뒤늦게 도착한 자들에게 상황을 설명해 주던 청명이 말했다.

악벌단은 남은 두 명을 바라보고 자신도 모르게 긴장하여 침을 삼켰다.

방금 전 한 수에 자신들의 동료들을 제압하고 장수생을 압도했던 자와 다른 복면인들의 선두에 서서 수로 밀어붙였던 자신들의 공세를 거의 혼자 감당해 낸 자가 그곳에 서 있었다.

거기에 보이지 않지만 비도를 날렸던 자까지 포함하니 저들이 지키는 남문이 마치 철옹성마냥 단단해 보였다.

"…저들은 희생양인 것이오?"

조용한 가운데 장수생이 말문을 열었다. 백무귀가 고개를 저었다.

"부상을 입은 자들이 도주할 동안 아마 시간만 끄려는 생각일 것이오. 남은 자들이 하나같이 절정의 고수들이니 여기서 시간을 끌다가 도주한다면, 저들을 추적하는 일은 추적술을 제대로 배운 자가 아니라면 어려울 것이오."

"젠장, 안 된다고만 할 것이 아니라 방법을 말해주시오. 당신 말대로라면 어떻게 해야 한다는 것이오."

장수생의 다그침에 곁에 있던 청명이 대답한다.

"뚫고 지나가던지, 우회해야겠지요."

"하지만 어느 쪽을 택하더라도 피해가 클 것이오. 숨어 있는 자의 비도는 생각보다 훨씬 무서운 것이라오."

백무귀가 또 끼어들었다. 장수생이 성을 냈다.

"그럼 어쩌자는 것이오! 그냥 적들을 놓아주기라도 할 작정이오?"

"차라리… 그냥 이대로 물러나는 것은 어떻겠습니까?"

청허의 목소리가 들려왔다.

장수생이 울 듯한 표정으로 말했다.

"도사님까지 왜 그러십니까?"

"저들은… 손에 사정을 두어왔소. 오늘의 일은 아무리 생각해 보아도 마음에 걸리는구려."

청허가 중얼거린다. 장수생이 물었다.

"손에 사정을 두었다고요?"

"아까 장 대협과 싸웠던 복면인도 그랬고, 방금 전 비도를 날린 자도 그랬소. 저들의 공격에는 살기가 깃들어 있지 않았소. 지금 우리 측에는 부상자는 있지만 사상자는 나오지 않았다오."

"그, 그건 그렇지만……."

장수생이 중얼거린다.

"사정을 봐주었다라……."

그 곁에서 백무귀도 생각에 잠겨 중얼거렸다.

"왜 그러죠, 사형?"

백무귀는 대답하지 않았다. 네 고수가 침묵하자 악벌단 측 모두가 조용해졌다.

"뭐, 그래도 적은 적입니다. 적들이 흉수의 무리인 것은 분명한 사실입니다. 저들은 이미 잘못을 범했어요. 저들이 이곳에 머무른 것은 다른 희생자들을 노리기 때문일 수도 있습니다. 그걸 알면서도 이대로 물러날 수는 없는 노릇 아닙니까?"

장수생이 말했다. 청허가 고개를 끄덕인다.

"그건 장 대협의 말이 맞습니다."

"그래, 모처럼 옳은 말을 했군. 한번쯤은 더 붙어봐야 한다니까."

무정귀가 다시 동의했다.

"저자의 정체를 짐작할 수 있을 것도 같군."

백무귀가 중얼거렸다. 그 중얼거림이 작아 무정귀에게만 들렸다.

"정체를요?"

무정귀의 물음에 백무귀가 말없이 고개를 끄덕였다.

"이보시오. 뭔가 계획이 있다면 지금 이야기해 주는 게 어떻소? 이대로 시간만 끌다간 적들이 모두 도망가 버리고 말 것이오."

그때 마침 장수생이 백무귀에게 말을 걸어왔다.

이어질 백무귀의 말이 궁금했던 무정귀가 좀 기다려 보라고 말하려 할 때 백무귀가 먼저 고개를 끄덕이며 대답했다.

"앞서 말한 것과 다른 방법을 쓰면 되겠죠. 우리 모두 이 안에서 숨바꼭질을 한번 해봅시다."

악벌단의 남은 인원들은 모두 당혹스러운 표정으로 백무귀를 바라보았다.

단지 무정귀만이 백무귀를 잠시 놀란 표정으로 바라보다가 이내 얼굴에 왠지 모를 흐뭇한 미소를 띄웠다.

*　　　*　　　*

적들은 모여서 뭔가를 논의하는 듯 보였다.

진원명은 그런 적들의 모습을 걱정스러운 표정으로 바라보고 있었다. 하지만 진원명은 적들의 논의에 관심을 두고 있지는 않았다.

진원명은 단순히 그들의 자신을 바라보는 시선을 부담스러워하고 있었다.

다시 말하자면 그들 중 단목영의 시선이 부담스러웠다.

진원명은 초조한 표정을 지었다.

지금 와서 목깃을 뜯어버리거나 한다면 오히려 더 의심을 받을 것이다. 진원명은 날이 더욱 저물어 목깃에 놓아진 수를 확인하기 어려워지기를 바랐다.

"저들은 다행히 우리를 겁내고 있습니다. 이대로 일각 정도만 시간을 끌어주면 충분할 것입니다."

장수생의 목소리가 들려왔다.

진원명은 고개를 살짝 가로저었다. 이렇게 물러날 자들이
아니다. 방법이 없다면 한번쯤 피해를 감수하고서라도 덤벼
볼 것이다.

잠시 후 적들이 움직이기 시작했다. 장수생과 진원명이 예
상하지 못했던 움직임이다.

"적들이… 모습을 숨기는군요."

적들은 좌우 두 패로 흩어져 저택의 건물 안으로 숨어들기
시작했다.

마침 그때 해가 완전히 저물었다.

미약하게나마 세상을 비추며 남아 있던 잔양마저 사라졌
다. 진원명이 입술을 깨물며 말했다.

"쉽게 포기해 주지는 않는군요. 아마 창을 통해 빠져나가
려는 모양입니다."

박철우가 여유있는 음성으로 말했다.

"은 소저의 비도가 무섭긴 무서웠던 모양입니다. 하지만
이 저택에 나 있는 창은 사람이 도망칠 정도로 크지 않습니
다. 걱정하지 않으셔도 될 듯합니다."

쿠웅!

그때 저택의 좌측에서 굉음이 들려온다.

"이런, 벽을 부수고 있습니다!"

박철우의 여유는 곧바로 사라졌다. 저택이 튼튼해 보이기

는 했지만 저들의 무공이라면 충분히 뚫어내고도 남을 것이다.

박철우가 황급히 왼쪽 건물의 지붕 위로 몸을 날렸다. 진원명이 따라서 지붕으로 올라설 때 저택 우측에서도 같은 소리가 들려왔다.

쿠웅!

양쪽 벽을 동시에 허물고 도망칠 생각이다. 진원명이 말했다.

"오히려 잘된 일입니다. 양측으로 나누어져 도망가려 한다면 한쪽을 먼저 제압하고 나머지 한쪽을 제압하는 방식으로 상대할 수 있습니다. 왼쪽에서 나오는 적을 먼저 제압하도록 하지요."

쿠웅!

우수수—

다시 한 번 굉음이 울려 퍼졌다.

진원명이 무너지려 하는 왼쪽 건물 외벽으로 뛰어내렸다. 박철우가 뒤를 따랐고, 은비연은 처음으로 몸을 드러내 왼쪽 건물 바깥쪽 담벼락으로 몸을 날렸다.

쿠웅!

진원명과 박철우가 내려서자마자 건물 외벽이 무너졌다.

와르르!

자욱한 먼지가 일어나 두 사람의 시계를 가렸다.

"기습을 조심하십시오."

박철우가 나직이 말했다.

진원명은 긴장한 채 무너진 담벼락을 바라보았다.

잠시의 시간이 지나고 먼지가 다 가라앉을 때까지 적들은 모습을 보이지 않았다.

왜 나오지 않는 것이지? 의아한 눈으로 무너진 담벽을 바라보던 진원명이 문득 눈살을 찌푸렸다.

"이런, 속임수요!"

진원명이 황급히 다시 지붕을 넘어 마당으로 돌아갔다. 저택은 조용했고, 자신들이 지키던 남문은 활짝 열려 있었다.

"벽을 뚫어놓고 오히려 문을 통해 빠져나갔군요. 제법 꾀를 쓸 줄 아는 자들입니다."

진원명을 따라 마당으로 내려선 박철우가 눈살을 찌푸리며 말했다. 진원명이 고개를 끄덕였다.

"하지만 아직 늦지 않았습니다. 적들의 뒤를 쫓읍시다."

한 방 먹었지만 지금이라도 적들을 쫓아 적들의 뒤를 물고 늘어지면 될 일이다.

진원명은 재빠르게 열려 있는 남문을 향해 몸을 날렸다.

그리고 진원명이 남문으로 들어서는 그 순간, 한 자루의 검이 진원명의 머리 위로 떨어져 내렸다.

우웅!

상상도 못한 기습에 진원명이 황급히 몸을 비틀었다.

스윽!

아슬아슬한 사이로 검이 진원명의 곁을 스쳤다.

하지만 그것이 끝이 아니었다. 검은 떨어져 내린 그 기세 그대로 다시 머리를 들어 진원명을 쫓았다.

진원명이 힘을 다해 뒤로 몸을 날렸다.

그때 진원명의 뒤에서 날카로운 소음이 들렸다.

쇄액!

백무귀의 채찍이다.

진원명은 소리만 듣고서도 알았다. 진원명의 발이 땅을 박차며 뒤로 몸을 날리던 그대로 몸을 허공에 띄웠다.

후욱!

백무귀의 채찍이 마치 예상했다는 듯 방향을 틀어 진원명의 왼발을 휘감았다.

땅에 떨어지던 진원명의 몸이 휘청하며 균형을 잃는다.

"멈춰라!"

박철우가 달려왔다.

함정이다. 진원명은 말리고 싶었지만 말할 틈도 없이 정면에서 검이 날아들었다. 바로 무정귀의 검이다.

후웅!

진원명이 한 발로 몸을 띄웠지만 백무귀가 채찍을 슬쩍 잡아당기자 바로 균형을 잃고 떨어졌다. 그사이 무정귀의 검이 코앞까지 다가와 있었다.

진원명은 이를 악물고 검에 깃든 진기를 방출했다.

후우우우웅!

무정귀의 검이 위로 튀어 올랐다.

무정귀가 기겁하며 뒤로 물러서는 동시에 백무귀가 채찍을 힘껏 잡아챘다. 잠깐이지만 몸에 힘이 빠진 진원명은 땅바닥에 쓰러진 채 백무귀의 채찍에 끌려가 벽에 부딪혔다.

눈에 별이 번쩍 하는 순간 주변이 어두워졌다.

"빌어먹을!"

진원명이 외쳤다.

박철우가 들어온 것이리라. 그러자 기다리고 있던 다른 자들이 문을 닫은 것이다.

사합원(四合院) 구조의 저택 중에는 이와 같은 주택형 대문이 많았다. 대문 자체가 건물로 되어 안의 넓은 공간은 주로 창고로 사용되는 것이다.

적들은 그 공간 안에 매복하고 있다가 진원명을 덮쳤다. 그리고 은비연을 배제하기 위해 박철우가 들어오자 곧바로 문을 닫은 것이다.

다시금 다리에 묶인 채찍에 힘이 실렸다. 진원명이 정신을 추스르고 재빠르게 검에 진기를 모았다.

화륵—

주위가 밝아졌다.

적들도 일단 눈이 보여야 싸울 것이니 누군가가 불을 밝힌 모양이었다.

주루룩―

채찍이 다시 당겨졌다. 진원명은 끌려가며 힘껏 몸을 띄워 홰를 쳤다.

부웅―

채찍이 당겨지는 힘에 맞추어 몸을 날려 균형을 잡으려는 수였지만 백무귀는 노련하게 채찍의 힘을 반대로 돌렸다.

팽글!

진원명은 한 바퀴 회전하며 다시 균형을 잃었지만, 그래도 몸을 반쯤 일으켜 세울 수 있었다. 채찍에 검만 갖다 댄다면 마공을 운용해 오히려 백무귀를 꼼짝 못하게 만들 수 있다.

하지만 진원명은 그보다 먼저 고개를 들어 주변을 둘러보았다.

방금 몸이 회전하며 스쳐 지나갔던 주변의 모습 중에 마음에 걸리는 부분이 있었기 때문이다.

"그들이… 없어요?"

진원명은 곧 깨달았다. 마음에 걸렸던 부분이 무엇인지를 말이다.

적들이 준비한 함정은 이것이 끝이 아니었다.

진원명은 힘을 다해 소리쳤다. 밖에 있는 은비연에게까지 들려야 한다.

"매복이 있습니다! 피하세요!"

초면(初面) 6

위기였다.

정말 절체절명의 위기였다.

지금 이곳에 있는 적들 중에 눈에 익은 두 사람의 모습이 보이지 않고 있었다. 바로 청허와 장수생이다.

분명 그들은 밖에 남아 있을 것이다. 그리고 자신들을 구하기 위해 모습을 드러낸 은비연을 암습할 것이다.

진원명은 정신이 번쩍 드는 것을 느꼈다.

부웅!

눈앞에서 무정귀가 떨어뜨린 칼을 주워서 달려들고 있었다. 그리고 발에 매달린 채찍이 다시 진원명의 균형을 흩어놓

왔다.

저편에서는 십여 명의 무인들에게 협공당하는 박철우의 모습이 보였다.

타탓, 우웅.

진원명은 문득 위급한 상황에서 오히려 침착해지는 것은 자신에게 버릇 같은 것인지도 모른다고 느꼈다.

짧은 순간 허공으로 뛰어올라 무정귀의 검을 피한 것은 거의 직감적으로 무정귀의 검로가 머리 위로는 곧장 이어지지 않을 것임을 파악했기 때문이었다.

휘익!

하지만 진원명의 도약은 제대로 마무리되지 못하고 멈췄다. 애초 무정귀가 자신의 머리 위를 비워둔 것은 이처럼 백무귀의 채찍이 이내 자신을 끌어 내릴 것을 알았기 때문이다.

타탓!

그리고 진원명은 그것까지 읽어냈다.

"허!"

백무귀가 탄성을 질렀다.

진원명은 방금 백무귀의 수를 예상하고 허공에서 몸을 숙였다가 출렁이는 백무귀의 채찍을 오른발로 찍으며 백무귀를 향해 도약했다.

경신의 절정고수들은 더러 상대의 무기 위를 타고 올라 상대를 무력화시키는 경우가 있다고 한다. 하지만 그런 수법이 가능한 경우는 칼이나 창 같은 단단한 무기를 상대하는 경우이지 이렇게 자유롭게 꿈틀대는 채찍을 상대로 쓰는 것은 거의 불가능하다.

이런 상황을 예상하고 수없이 연습한다 하더라도 어려울 수법인데 진원명은 이런 급박한 상황에서도 감각적으로 백무귀의 채찍에 흐르는 힘을 읽어 자신이 힘을 받을 수 있는 부분을 밟고 뛴 것이다.

백무귀는 황급히 뒤로 물러서며 오른팔을 휘저었다.

채챙!

수리검이 날아들었다. 진원명이 곧바로 쳐내었지만 그 틈에 백무귀는 진원명의 발에서 채찍을 풀어 몸 앞으로 휘둘렀다.

쫘악!

진원명은 곧바로 속도를 줄이며 몸을 반대로 회전시켰다.

백무귀의 방어에 막히면 뒤에서 들어오는 무정귀에게 당하고 만다. 몸을 돌린 진원명은 눈앞에서 달려드는 무정귀에게 곧장 검을 찔렀다.

후웅, 후웅—

무정귀의 검술은 진원명으로서도 쉽게 제압할 수 없었다.

서로 간에 두 합이 오갔을 때 진원명이 재빠르게 무정귀의 오른쪽 품으로 파고들었다. 서로의 공세가 맞물리는 사각이다.

"이 쥐새끼 같은 녀석!"

진원명은 무정귀를 스쳐 앞으로 달려갔다. 쉽게 제압하지 못할 무정귀에게 시간을 허비하기보다 쉽게 제압할 수 있는 다른 자들을 노리는 편이 낫다.

"조심해!"

무정귀의 외침과 함께 진원명은 박철우를 공격하던 무인들 사이로 뛰어들었다.

그리고 그때부터 진원명의 제대로 된 진가가 발휘되기 시작했다.

퍽! 퍼억!

"뭐야!"

"젠장! 적이다!"

아무리 이름난 고수라 하더라도 칼을 든 다수를 상대하는 것은 신중해야 한다. 고수라 하여 등 뒤에 눈이 달린 것은 아니기 때문이다.

인간의 감각에는 한계가 있다.

의미없이 휘둘러진 눈먼 검이라 해도 만약 찔리면 피가 나고 죽는 것이 인지상정이니 다수를 상대하는 고수들은 자신이 인식할 수 있는 범위 내에만 적들을 두는 요령을 발휘한다.

하지만 지금 진원명은 적들이 뭉쳐 있는 곳에 그냥 뛰어들었다.

그리고는 사방이 적으로 둘러싸인 가운데에서 거침없이

적들을 몰아붙이기 시작했다.

채앵!

한 사내의 검이 허공으로 떠오르는 순간 진원명의 검이 그 검을 낚아채 뒤로 휘둘렀다.

마공에 의해 마치 자석처럼 달라붙은 검이 넓은 범위를 휘저으며 뒤편의 적들을 물러나게 했고, 진원명은 정면에서 날아드는 한 자루의 칼과 한 자루의 검을 보곤 오히려 몸을 낮춰 칼들 사이로 파고들었다.

터억!

진원명은 두 사내에게 바싹 달라붙었다.

베어오던 칼을 든 사내의 팔이 진원명의 오른쪽 어깨에 걸쳐졌고, 검을 찔러왔던 사내의 팔이 진원명의 왼쪽 옆구리에 끼워졌다.

두 사내가 힘을 써서 진원명을 붙잡으려 할 때 진원명이 재빠르게 왼쪽의 사내를 놓고 오른편에 있는 사내의 무릎 안쪽을 가격했다.

퍼억!

부웅!

오른쪽에 있는 사내와 진원명이 함께 땅바닥에 쓰러졌고 왼쪽에 있는 사내는 황급히 뒤로 물러났다.

그리고 방금 전까지 그들이 있던 자리를 한 자루의 칼이 쓸고 지나갔다.

물러난 사내가 소리친다.

"아군까지 벨 셈이오!"

그 대상은 무정귀였다. 무정귀의 검은 마치 원래 그러려고 했던 것처럼 방향을 바꿔 진원명에게 떨어졌다.

하지만 진원명도 예상한 듯 옆으로 몸을 굴리며 일어나 뒤로 검을 뻗었다.

마침 진원명의 배후를 노리던 악벌단원의 검과 진원명의 검이 마주쳤다.

그 결과 그 사내는 자신의 본의와 무관하게 무정귀를 검으로 찔러가야 하는 운명이 되었다.

"이런, 미친놈! 뭐 하는 짓이냐?"

"으윽, 내, 내가 찌르는 것이 아니오!"

사실 무정귀도 방금 전 당해봐서 알고 있었다. 진원명의 검이 농간을 부리면 자신의 의지와 무관하게 자신의 몸이 움직이기도 한다는 것을……

하지만 그것을 알면서도 무정귀는 용유진과 달리 사정 봐주지 않고 사내의 검을 쳐내고는 몸을 걸어차서 옆으로 날려 버렸다.

진원명은 어느새 적들 사이에서 검을 나누고 있었다.

"크억!"

한 사내가 다리를 찔려 쓰러지는 모습이 보였다. 방금 전 진원명과 함께 쓰러졌던 사내 역시 쓰러지면서 진원명에 의해 팔이 부러진 듯 일어나지 못하고 있었다.

"뭐야, 이 녀석은. 등 뒤에 눈이라도 달렸나?"

무정귀가 기가 막히다는 듯 이를 악물고는 다시 진원명에게 달려들었다.

"말도 안 되는 묘기로군."

백무귀가 중얼거렸다.

혼란스럽게 뒤엉킨 상황이었지만 백무귀는 어떻게든 자신의 역할을 찾았다. 바로 상대적으로 고수인 박철우를 상대하는 것이다.

백무귀가 고수이기 때문이고, 그렇게 자신만의 전장을 가져갈 수 있기에 고수였다. 이런 혼전은 하수들의 싸움이다.

운이 조금만 나빠도 죽는다.

진원명은 지금 계속 등 뒤를 적이 노리게 되는 상황이었다. 앞뒤로 순서를 두지 않고 찔러오는 공격들을 제아무리 고수라 해도 모두 간파할 수는 없었다.

저런 혼전 상황에서는 누군가 생각없이 들고 있는 칼에 자신이 움직이다 베일 수도 있고 상대하는 적들 중 누군가의 숨겨진 암수가 코앞에서 날아들지도 몰랐다.

그런 변수들을 모두 감안하며 싸우는 것은 인간으로서는 불가능한 일이었다.

한데 어처구니없는 일은 지금 그 모든 변수들이 진원명을 피해가고 있다는 것이었다.

단순히 운이 좋은 것인지, 아니면 진정 그런 실력을 갖춘 것인지 알 수 없었지만 진원명은 혼전을 유도함으로써 효과적으로 자신들의 전력을 줄여가고 있었다.

"너는 정말 우리의 적인 것인가?"

슬쩍 눈을 돌려 적들과 싸우는 진원명을 보며 백무귀는 나직하게 중얼거렸다.

묘한 아쉬움이 묻어나는 목소리였다.

처음 유원협의 장원에서 만나 검을 나눴을 때부터 알 수 있었다.

그리고 아마 이제는 무정귀 또한 느끼고 있을 것이다.

진원명이 사용하는 검술은 조금 이상한 부분이 있었지만 분명히 자신들이 알고 있는 그 검술이고, 그 사실은 진원명이 그자의 전인임을 의미한다는 것을 말이다.

"그렇기에 죽여야만 하는 거겠지."

백무귀는 다시 중얼거렸다.

중얼거리면서 백무귀는 자신을 향해 덤벼드는 박철우를 향해 채찍을 휘둘렀다.

휘익! 철썩!

박철우와 백무귀의 대결은 겉보기에는 팽팽하게 느껴졌지만 실상은 그렇지 못했다.

박철우는 백무귀의 상대가 되지 못했다. 백무귀는 자신의 비기들 중 단 한 수로 박철우를 쓰러뜨리기 위해 확실한 기회를 엿보고 있을 뿐이었다.

진원명이 악벌단원들을 모두 쓰러뜨린다 해도 자신이 박철우를 제압한다면 종국에는 악벌단의 승리가 될 것임을 백무귀는 알고 있었다.

하지만 백무귀는 괜한 미련이 생겨나는 것을 느꼈다.

그자의 전인이 꼭 그자의 편이라는 법은 없다는 점 때문이다.

바로 백무귀 자신과 무정귀처럼 말이다.

손속이 둔해지는 것을 느끼며 백무귀는 다시 마음을 다잡았다.

확실치 않은 것에 희망을 거는 것은 여유가 있을 때나 할 일이다. 지금과 같은 교전 상황에 이 무슨 나태한 자세란 말인가?

백무귀의 왼손에 한 자루 소도가 들린다. 반 척도 되지 않는 크기의 작은 비도였다.

'이 비도를 사용한 한 수로 끝낸다.'

백무귀가 그렇게 마음먹고 눈앞의 박철우를 노려보았다. 그때, 뒤에서 칼바람 소리가 들려왔다.

"사형! 조심해요!"

백무귀가 뒤를 돌아보자 진원명이 달려들고 있었다.

백무귀는 순간 맥이 빠짐을 느꼈다.

"저 많은 자들을 상대하며 날 공격할 여유가 생긴다는 것인가?"

기가 막히다는 표정으로 백무귀가 중얼거렸을 때 진원명이 달려들었다.

그 뒤를 따라 악벌단의 남은 인원과 무정귀가 우르르 몰려들었다.

백무귀는 본의 아니게 인파의 한가운데에 휩쓸리고 말았다.

"난 내버려 두고 이곳을 나가 그녀, 은 누님을 도우세요."

진원명이 달려드는 적들을 막아내며 말했다. 진원명과 합세하려던 박철우가 진원명의 외침에 멈칫하고 있을 때 진원명이 다시 외쳤다.

"어서! 그녀가 위험합니다!"

잠시 고민하던 박철우가 고개를 끄덕이곤 뒤돌아 달렸다.

백무귀가 황급히 채찍을 날렸지만 진원명이 가로막았다.

그 순간 무정귀의 검이 진원명에게 날아들었다.

찌익!

화끈한 통증이 왼쪽 팔을 타고 흐른다. 팔 바깥쪽이 길게 베어진 듯했다.

진원명이 이를 악물고 검을 휘둘렀다.

쇄액!

하지만 무정귀는 여유있게 뒤로 몸을 뺐다. 막무가내 식 반격이었다. 이런 식의 공격은 오히려 자신에게 빈틈을 만든다.

무정귀는 회피 이후의 여력을 통해 진원명의 드러난 빈틈에 오히려 반격을 준비했다.

휘릭!

그리고 그때 진원명의 검이 변했다.

방금 전 위에서 아래로 휘두른 처음의 동작이 그대로 준비 자세가 되어 하나의 동작이 계속 이어지듯 매끄럽게 무정귀를 향해 검이 뻗어 나왔다.

"뭐야!"

무정귀의 놀란 외침이 들려왔다.

진원명은 순간 자신이 사용하는 이 이름 모를 검술로부터 더없는 익숙함을 느꼈다.

생각해 보면 자신은 처음 검을 펼칠 때부터 적의 이런 회피와 자신의 이어질 공격을 머릿속에 그리고 있었던 것인지도 모른다.

부웅!

무정귀는 다시 피했다.

하지만 진원명 역시 그에 맞추어 변화했다. 아차 하는 순간에 진원명의 검은 무정귀의 가슴을 향해 조금 더 가까워졌다.

지금의 상황을 이해하지 못한 무정귀의 눈이 의아함으로 물들고 백무귀의 채찍이 진원명을 막기 위해 뻗어왔다.

탓!

그 순간 진원명은 자신의 몸이 뻗어낸 검의 연장선이라도 되는 양 허공에 드러눕듯 몸을 띄웠다.

무정귀가 눈을 크게 치켜떴다.

백무귀 또한 마찬가지다.

생각지도 못한 수였다. 마치 몸이 길게 늘어나듯, 진원명의 검이 순간 무정귀의 몸 앞까지 이르고 있었다. 휘둘러진 백무귀의 채찍은 뒤늦게야 진원명의 그림자를 갈랐다.

어찌 이런 움직임이 가능한 것인지, 어찌 갑자기 이런 수법이 터져 나온 것인지 생각할 겨를도 없었다.

진원명의 검은 이미 무정귀의 가슴 앞까지 다다라 있었다.

죽음.

그것을 떠올린 무정귀는 순간 자신도 모르게 백무귀를 돌아보았다.

"안 돼!"

자신을 바라보며 크게 소리치고 있는 사형의 모습이 무정귀의 시야를 가득 채웠다.

*　　　　*　　　　*

장수생과 청허는 인상을 찌푸렸다. 적을 완전히 제압하려던 찰나에 방해자가 난입했기 때문이다.

"도대체 안에 있는 자들은 뭘 한 거지!"

장수생이 기가 막히다는 듯 외쳤다. 사실 두 사람의 고생을 생각하면 그럴 만했다.

은비연의 비도는 두 사람의 생각보다 훨씬 위력적이었다.

갇힌 동료를 돕기 위해 모습을 드러낸 은비연을 섣불리 제압하려다가 장수생이 오히려 당할 뻔했을 정도다.

비도를 던지는 자세를 분간할 수 없으니 접근한다 하여 딱히 유리할 것도 없었고, 자칫 근거리에서 비도를 맞이하면 아차 하는 순간에 당해 버릴 수도 있었다.

결국 두 사람은 작전을 바꾸어 좌우에서 은비연을 압박해 갔는데 무림명숙 소리를 듣는 두 사람이 쓰기에는 조금 쪼잔한 수였지만 그만큼 효과는 좋았다.

비도를 아무리 많이 들고 있다 하여도 그 수에는 결국 한계가 있기 마련이니 그들은 은비연이 계속 비도를 소모하도록 위협만을 가해 은비연을 궁지로 몰았다.

제법 많은 비도를 소모시킨 듯 은비연의 비도가 날아드는 주기가 제법 길어졌을 때 마침 대문이 열리면서 박철우가 뛰어나온 것이다.

장수생의 분한 외침을 가볍게 무시하고 박철우는 재빠르게 몸을 날려 청허 도사를 쳐갔다.

부웅!

청허 도사가 박철우와 맞서자 은비연의 운신이 자유로워졌다.

은비연은 남은 장수생에게 비도를 날리며 옆에 있는 건물 위로 뛰어올랐다.

은비연이 좋은 위치를 점해 버리니 장수생은 덤벼들기가 난감해졌다. 은비연이 박철우와 싸우는 청허에게 비도를 던지자 청허가 허둥대며 박철우에게서 멀어지려 했다.

박철우는 그 틈에 은비연이 있는 건물 위로 뛰어올랐다.

은비연이 물었다.

"진 동생은? 진 동생은 어찌 되었죠?"

"저, 그게⋯⋯."

박철우가 뭔가 말하려 할 때 대문 안에서 진원명이 뛰쳐나왔다.

"도망칩시다!"

진원명은 그렇게 말하고는 황급히 몸을 날렸다.

박철우가 어리둥절한 표정으로 진원명을 바라보다가 진원명이 자신을 지나쳐 가는 것을 보곤 이내 진원명을 따라 몸을 날렸다.

청허와 장수생이 도망가는 적들을 보며 움찔했지만 그 순간 다시 한 번 은비연의 비도가 날아들었다.

은비연의 비도를 막아냈을 때, 세 사람의 도망가는 기척은 좀 더 멀리서 들려오고 있었다.

"이런, 젠장!"

장수생은 아무래도 아까 전에 한 번 당할 뻔했기에 비도를 꺼리는 감이 있었고, 청허는 어차피 두 명이서 쫓아봐야 소용

없다 여기고 대문을 바라보았다.

진원명이 빠져나왔는데도 아무런 기척이 없다는 것이 수
상하다.

"설마……."

당한 것은 아니겠지? 청허가 의문을 가졌을 때 대문에서
악벌단원들이 빠져나왔다.

대다수는 부상을 입은 듯 몸이 불편해 보였다.

방금의 복면인들의 실력은 보기보다 훨씬 뛰어났던 것 같
았다.

그리고 악벌단원 뒤에서 걸어나오는 두 사람, 백무귀와 무
정귀의 모습은 왠지 모르게 지친 것처럼 보였다.

"적들을 쫓는 것이 좋겠습니까?"

결정권자가 본인임에도 청허는 두 사람에게 물었다. 두 사
람이 거부한다면 어차피 나머지 인원으로 당해낼 적들도 아
니었다.

백무귀와 무정귀는 고개를 저었다. 청허는 더 묻지 않고 단
원들을 추슬렀다.

백무귀와 무정귀의 표정에서 알 수 없는 회한이 느껴졌다.

저들은 세상을 진동할 만한 무공을 가지고도 무엇이 그리
한이 되었던 것일까? 청허는 내심 그들 사남매의 삶이 평온하
지는 않았으리라는 느낌을 받고 고개를 저었다.

초면(初面) 7

꽤 오랜 시간을 달려온 것 같다. 심장이 터질 듯 뛰었다.

거기에 대강 감싸놓은 상처가 욱신거렸다. 진원명은 자신이 마을 외곽에 이른 것을 깨닫고 걸음을 멈추었다.

"하아, 하아!"

멈추는 순간 피로가 몰려왔다.

온몸이 오늘 하루 동안의 과한 노동에 고통을 호소했다.

하지만 왠지 기분은 나쁘지 않았다.

적들이 뒤쫓아오는 기미는 없었고, 도망쳤던 세 명 모두 중간에 갈라졌으니 흔적을 쫓기도 쉽지 않을 것이다.

"이 정도면… 아마 충분하겠지?"

진원명이 숨을 몰아쉬며 중얼거렸다.

마을로 들어서는 입구에 다리가 놓여 있었다.

진원명은 다리를 다 건넌 이후 다리 난간에 털썩 주저앉았다.

얼굴을 가린 복면을 떼자 한결 호흡이 편해졌다.

진원명은 무정귀에게 당한 왼팔을 살폈다. 상처는 다행히 깊지 않은 듯했다. 붕대로 잘만 감싸고 다닌다면 들키지는 않을 것이다.

몸 이곳저곳을 한번 슥 살핀 진원명은 멍이 들고 부은 곳이 있긴 했지만 밖으로 드러날 만한 상처가 없다는 사실에 안도했다.

자신은 다시 유원협의 장원으로 들어갈 것이기 때문이다.

급하게 헤어졌지만 그사이에 은비연은 그녀가 조사했던 몇 가지 정보들을 진원명에게 전해주었다. 그리고 진원명은 그 정보를 통해 위험하더라도 악벌단으로 다시 돌아가야 한다는 결론을 내렸다.

"반드시 이 은혜를 갚겠습니다. 제가 만약 살아남는다면……."

헤어질 때 박철우가 남겼던 말도 자신이 내린 결론에 힘을 실어주었다.

잠시 두 사람을 떠올리던 진원명이 피식 웃었다.

어쨌든 오늘은 일이 제법 잘 풀린 듯했다. 수연을 만나서 구했고, 덤으로 아민의 수하들 또한 구하지 않았던가?

진원명은 묘한 만족감을 느끼며 몸을 일으켰다. 악벌단에 들어가기 전에 상처를 감추려면 조금 서두르는 편이 좋을 것이다.

"어?"

일어서던 진원명이 문득 호수를 내려다보고는 놀랐다. 호수에 검게 비친 자신의 형상이 조금 이상했기 때문이다.

진원명은 머리를 한 번 매만지고 그 이유를 알 수 있었다.

격전을 치르는 도중 머리가 산발이 되어 있었던 데다 등 쪽의 옷이 죽 찢어져 아래로 늘어져 있었다. 게다가 오른편 반신은 부상 때문에 피로 얼룩져 있다.

진원명은 허탈한 웃음을 지었다.

"상처도 그렇지만 지금의 꼴이 말이 아니구나."

문득 의문이 들었다.

자신은 왜 이 꼴로 여기서 이러고 있는 것인가?

자신이 그들에게 이렇게까지 해주어야 할 이유는 어디에도 없는데…….

진원명은 잠시 물속의 자신을 내려다보다가 중얼거렸다.

"뭐, 한 공자가 부탁했으니까."

그래, 그것은 그나마 합리적인 이유다. 자신은 한유민에게 다소의 빚이 있기 때문이다.

"내 욕심 때문이기도 하겠지."

아민을 만나고자 하는, 진원명 자신도 이해할 수 없는 욕심. 그것 또한 합리적이라고 말하기 어렵긴 하지만 자신이 그들을 도와줬던 이유 중 하나다.

진원명은 그렇게 중얼거리고는 고개를 갸웃거렸다.

하지만 그렇다 해서 납득이 가는 것은 아니다.

이들은 분명 과거 자신의 가문을 습격했던 원수들이었고, 얼마 전에는 자신을 습격해 해치려고 들었던 자들이다.

"흐음."

한숨이 나왔다.

방금 자신이 구한 저들은 그런 자들이다. 그럼에도 자신은 이처럼 개고생을 해서 적들을 구해내곤 만족하고 있었다.

알 수 없는 일이다. 자신은 도대체 왜…

"왜 저들이 밉지 않은 것이지?"

처음 한유민의 부탁을 수락했을 때, 자신은 그저 아민을 만나고, 한유민과 무민을 돕는다는 단순한 생각만을 가지고 있었다.

자신은 지금까지 한 번도 자신의 원수들을 돕는다는 이 일에 대해 거부감을 느껴본 적이 없었다.

"이제 모든 것이 바뀌었기 때문인가?"

아무 일도 없게 되었기 때문에, 그냥 그들에 의해 겪었던 그동안의 모든 고통을 잊고 용서해 버린 것인가?

분명 맞는 이야기이다.

전생의 그들은 지금의 그들과 같아 보이지만 전혀 다른 존재이다. 그들이 저지르지도 않은 일의 책임을 그들에게 물을 수는 없다.

자신은 꽤 오래전에 그것을 깨달았고, 너무도 당연하게 그것을 받아들였다.

"아무런 고민도 고뇌도 없이… 그것이 문제였군."

자신은 그런 이해의 과정이 너무도 쉬웠다.

자신은 아무런 고민도 고뇌도 하지 않았다. 십육 년간의 고통과 그에 대한 원한은 너무도 쉽게 사그라지고 말았다.

원래 그런 원한이 있었던 것인지 의문이 생길 정도로 말이다.

"내가 그렇게 마음 넓은 녀석이었던가?"

진원명이 중얼거리고 있을 때 진원명의 뒤에서 불빛이 비쳐 오고 이내 누군가의 목소리가 들려왔다.

"하하, 이런 밤중에 이런 곳에서 그런 말을 하고 있으면 남들이 이상하게 본다오."

생각에 빠져 누가 접근하는 것도 몰랐던 듯하다. 진원명이 황급히 뒤돌아봤다.

등불을 든 한 사내가 서 있다. 등불에 가려 잠시 얼굴을 보지 못했지만 진원명은 이내 깨달았다.

"송 형이시오?"

등불을 든 사내, 그는 송하진이었다. 송하진이 고개를 끄덕이며 말했다.

"안녕하셨소, 진 형?"

"이런 밤중에 이런 곳에서 무엇을 하고 계시오?"

진원명이 표정을 굳히며 물었다. 지금은 아는 사이라 하여 경계를 풀 상황이 아니다.

송하진이 등불을 살짝 들어 올리며 진원명을 살핀다.

"난 그냥 저녁 산책을 하고 있었소. 그나저나 진 형의 모습은… 뭔가 위험한 일을 겪은 것으로 보이는구려."

하필 지금과 같은 시각에 이런 곳에서 산책이란 말인가?

진원명이 수상하다는 표정으로 송하진을 바라보고 있을 때 송하진이 걱정스러운 표정으로 말을 이었다.

"음, 부상도 있는 듯하구려. 마침 이 근처가 내가 묵는 객점이니 같이 갑시다. 우선 치료부터 하는 게 좋겠소."

송하진의 말을 들으니 송하진은 원래 이 근방에 머무르고 있었던 것 같았다.

기막힌 우연이다. 진원명은 어이없다는 듯 고개를 저었다.

하긴 송하진이 자신의 행보를 알고 기다렸을 리는 없었다. 자신이 이쪽으로 올 것이라는 결정은 자신도 방금 전에 내린 것이니까.

송하진과는 이번에도 역시 전처럼 우연히 마주친 것으로

보였다.

"상처는 별로 심하지 않소. 피류만 살짝 긁혔을 뿐이라오. 그보다는 복장이 문제지요."

진원명의 말에 송하진이 다행이라는 듯 씩 웃었다.

"물론 객점에 남는 옷가지도 조금 있소. 아마 내 옷이라면 진 형에게도 맞을 것이오. 따라오시오."

송하진이 돌아서서 걸어갔다.

송하진의 얼굴에 떠올랐던 웃음에서는 사심이 느껴지지 않았다.

진원명은 송하진에 대한 경계심을 어느 정도 떨쳐 내고 송하진의 뒤를 따랐다.

"송 형에게는 매번 도움을 받는구려."

"도움이라 부르기도 민망한 것들이라오. 신경 쓰지 마시오."

송하진은 정말 아무것도 아니라는 듯 말하고는 걸음을 재촉했다.

송하진의 객점은 다리 건너 바로 왼편에 위치해 있었다.

진원명이 송하진의 방에서 송하진이 준 약으로 상처를 대충 치료하고 송하진의 옷을 입고 나왔을 때 그는 객점 창가에 앉아 객점 밖으로 보이는 호수를 바라보고 있었다.

"오호, 이거 어째 나보다 더 잘 어울리는구려."

송하진이 방에서 나오는 진원명을 보고 장난스럽게 웃더

니 이내 말했다.

"바빠 보이는데, 지금 떠날 것이오?"

진원명은 씩 웃으며 송하진 곁에 앉았다.

송하진은 진원명을 배려해 주고 있었다.

진원명이 겪은 일이 궁금할 법도 한데 묻지 않은 것도 그렇고, 진원명이 맘 편히 떠날 수 있게 미리 물어봐 주는 것도 그렇다.

"사실 여유있는 편은 아니라오. 하지만 송 형에게 술 한 병 정도 사지 않고는 발이 떨어지지 않을 것 같구려."

진원명은 그렇게 말하며 점원을 불러 술을 한 병 시켰다.

"하하, 내 인정하겠소. 역시 진 형은 마음이 넓구려."

진원명은 잠시 이해를 못하다가 이내 방금 전 다리 위에서 자신이 중얼거렸던 말에 대한 얘기라는 것을 깨달았다.

피식 웃던 진원명은 이내 방금 전 다리 위에서 떠올렸던 의문 또한 다시 떠올렸다.

얼마 지나지 않아 점원이 술을 가져왔다. 진원명이 점원이 가져온 술을 받아 따르고 있을 때 송하진이 입을 열었다.

"뭔가 고민이 있는 모양이구려."

진원명이 의아하다는 듯 고개를 들다가 비로소 깨달았다.

자신은 잠시 말없이 생각에 잠겨 있었던 듯하다.

"고민이 없는 사람이 어디 있겠소."

진원명이 머쓱하게 웃으며 송하진에게 술을 따라주었다.

"고민을 해결하는 방법에는 여러 가지가 있지요. 누군가에게 털어놓는 것도 그중 하나라오."

송하진은 그렇게 말하며 다시 창밖으로 시선을 돌려 호수를 바라보았다. 아마 강요하지는 않는다는 의미일 것이다.

진원명은 피식 웃었다.

사실 곰곰이 생각해 보면 그다지 심각할 것도 없는 이야기이다.

"송 형은 정말 죽이고 싶을 정도로 증오한 사람이 있었소?"

저녁이었고 마을 외곽이다 보니 객점의 식당은 거의 비어 있었고 조용했다.

송하진은 호수를 바라본 채 고개를 살짝 갸웃거리고는 대답했다.

"아마 있었을 것이오. 하지만 이젠 기억조차 나지 않는구려."

진원명은 고개를 끄덕이며 말했다.

"나 역시 정말 증오하고 미워했던 자들이 있었소. 나에게 있어 크나큰 원수들이었다오. 나중에 그 원한이… 없었던 일이 되어버리기는 했지만 그래도 당시의 나는 그들 때문에 많은 고통을 겪었었다오."

진원명은 말하면서 새삼 떠올렸다. 전생의 십육 년, 고통이라는 말로 형용하기 어려울 정도의 그 끔찍한 시간들을 말이다.

"당시에는 한순간도 그들에 대한 증오를 잊지 않았었소. 그들이 행한 일들에 대해 잊지 말아야 한다고 느꼈소. 그들에 대한 증오가 내 삶의 원천이었고 그들에 대한 복수는 내 삶의 이유였소. 난 복수만을 위해 미친 듯이 세상을 살아왔소."

진원명은 문득 이상한 느낌을 받았다. 마치 뭔가를 놓치고 있는 듯한 느낌. 하지만 진원명은 다시 말을 이었다.

"말했듯 그 원한은 없었던 일이 되었소. 그리고 그들을 다시 만났소. 그들은 더 이상 증오스럽지 않았소. 그냥 그것이 신기했소. 왠지 그동안 내가 가졌던 증오심이 이처럼 하찮은 것이었나 의문스럽기도 했고……."

"그들을 용서한 것이오?"

송하진이 물었다.

"모르겠소. 이제 그들을 용서한다는 것이 이상하긴 하지만… 아마 용서한 것이라 생각하오. 난 그들을 너무 쉽게 용서한 나 자신이 이해되지 않았소. 송 형에게는… 아마 이해되지 않는 고민일지도 모르겠소."

진원명은 말하면서 고개를 저었다.

말하고 있는 진원명 자신조차 이해하기 어려운데 송하진은 더할 것이다.

송하진은 잠시 생각하다가 말했다.

"진 형이 지쳐 있었기 때문이 아니오?"

"뭐라고 하셨소?"

"그들을 미워하는 것에 지쳤기 때문에, 그들을 증오하고 원망하는 것이 이제 지겨워졌기 때문에, 그들을 미워하는 것을 멈춘 것이 아니냐고 묻는 것이오. 사람들은 더러 미워하는 것이 지겨워 그만두는 경우가 있다오."

'당신은 이제 그만 자신을 다그치고 싶어하는 것이 아니오? 당신은 지금 충분히 지쳐 보인다오.'

송하진의 말에 겹쳐져 또 다른 누군가의 목소리가 머릿속에 함께 떠오르는 듯했다.

진원명은 방금 전 느꼈던 느낌을 다시 느꼈다. 이번엔 그게 어떤 느낌인지 알 수 있었다.

마치 예전에 비슷한 이야기를 들은 듯한 느낌, 이러한 일을 예전에도 겪어본 것 같은 느낌이다.

진원명이 진지한 표정으로 고민하자 송하진이 말한다.

"하하, 말이 그렇다는 것이오. 너무 심각하게 생각할 필요 없소. 진 형에게는 진지한 문제인 듯한데, 내가 너무 함부로 말한 것이 아닌지 모르겠구려."

"음, 아니오. 어쩌면 송 형의 말대로인지도 모르겠소. 아니, 알 수는 없지만 송 형의 말이 맞는 것 같소. 왠지 그런 느낌이 드는구려."

이전에 만났을 때도 그랬다. 송하진은 마치 마음속을 들여

다본 것처럼 자신조차 깨닫지 못한 자신의 숨겨진 본심을 말했었다.

진원명은 술을 들이켜며 송하진을 바라보았다. 그 모습에서 왠지 익숙한 느낌이 들었다. 이자와 자신은 혹시 언제 만난 적이 있었던 것일까?

잠시 고민하던 진원명이 고개를 저으며 말했다.

"어쨌든 이렇게 송 형과 만나게 되는 우연이 나에겐 참으로 많은 도움이 되고 있소. 아무래도 요즘의 나는 운이 좀 따라주는 듯하오. 하지만 내가 예전에 별로 운이 없었던 편이라 그런지 쓸데없는 의문도 생기는구려. 왜 갑자기 내게 이처럼 행운이 따르기 시작하는 것인지 하는, 뭐 그런 의문 말이오."

진원명이 잠시 말을 멈췄다가 송하진을 돌아보곤 피식 웃으며 말을 이었다.

"아무래도 요즘 내가 쓸데없는 잡념이 많아진 것 같소. 신경 쓰지 않아도 된다오."

진원명의 말을 들은 송하진이 대답 없이 씩 웃으며 들고 있던 술잔을 비웠다.

＊　　　＊　　　＊

얼마의 시간이 흘렀을까?

진원명이 떠나고 종업원들마저 모두 들어가 텅 빈 객점에 송하진만이 남아 있었다.

송하진은 호수를 바라보고 있었다.

구름조차 뜨지 않은 밤 조용히 넘실거리는 칠흑빛의 호수는 마치 형태 없는 괴물처럼 묘한 두려움을 주었다.

그리고 그런 호수를 바라보며 오랜 시간 동안 아무 소리도, 움직임도 없이 앉아 있는 송하진의 모습은 왠지 산 사람의 생기가 느껴지지 않는 것처럼 보였다.

이 세상 사람이 아닌 것 같은, 마치 사람 모양을 한 조각상이 앉아 있는 듯한 모습이다.

문득 조각상의 입이 열렸다.

"나도 의문이라오."

구름 사이로 숨어 있던 달이 놀란 듯 고개를 내밀었다.

아니, 단지 바람이 불어왔던 것이리라. 불어온 바람이 호수에 작은 파문들을 일으켰고, 달빛으로 인해 어둠이 가신 송하진의 얼굴에서는 다시 생기가 느껴지기 시작했다.

탄식하는 듯한 송하진의 목소리가 다시 이어졌다.

"당신에게 무엇이 있어 나를 이곳에 얽매게 할 것인지⋯ 나는 여전히 깨닫지 못하고 있소."

호수에 일어났던 파문들이 모두 사라졌을 때 송하진은 더 이상 자리에 남아 있지 않았다.

第三章　신출(新出)

"자유란 무엇일까? 의식하지 않는 것이 아닐까?"

악귀(惡鬼) 1

"뭐 하나, 자네?"

진원명은 고개를 숙여 자신을 부른 자를 바라보고는 인상을 찌푸렸다.

저자는 왜 또 여기에 와 있는 거람?

"할 일이 없다면 이리 와서 날 좀 도와주게. 자네처럼 젊을 때 그렇게 놀고만 있으면 몸이 오히려 축난다네."

진원명은 유원협의 장원 외곽에 있는 쓰지 않는 건물 중 하나의 지붕 위에 올라가 있었다. 그리고 그 아래에서 진원명과 같은 조원인 장영길이 진원명을 부르고 있었다.

진원명은 귀찮아하는 기색을 숨기지 않으며 내려왔다.

하지만 장영길은 신경도 쓰지 않고 진원명을 잡아끌었다.

"어딜 가는 겁니까?"

"간단한 소일거리가 있네. 따라와 보게."

장영길이 도착한 곳은 장원 뒤편의 큰 고목나무 아래였다.

그곳에는 목재가 제법 쌓여 있었다.

아마 장영길은 그 목재로 뭔가를 만들고 있었던 모양이었다.

"이걸 받게."

장영길은 나무를 깎는 데 쓰일 것 같은 작은 칼을 건네주었다.

"그리고 이걸 보게."

장영길이 보여준 것은 작은 침과 원반, 둥근 구슬 모양의 나무 조각품이었다.

"모형 암기인가요?"

진원명의 물음에 장영길이 고개를 끄덕이고는 나무 그늘에 걸터앉았다.

그리고 진원명에게 준 것과 같은 칼을 들고는 진원명에게 목재 하나를 건넸다.

"그런 셈이지. 이걸 각각 스무 개씩 만들어야 하는데 혼자하기에는 양도 많고 벅차니 자네가 좀 도와주시게."

진원명은 못마땅한 표정을 지어 보였지만 이내 장영길이 내민 목재를 받아 들고 주저앉았다.

장영길의 눈에는 어떻게 보였는지 모르지만 진원명은 방금 전 건물 지붕 위에서 놀고 있었던 것이 아니었다.

진원명은 찾고 있었다.

바로 유원협의 장원을 침입하려는 자들이 가장 선호할 만한 경로를 말이다.

"오늘 새로운 단원들을 뽑는다더구먼. 지금쯤 정문 쪽은 제법 시끄럽겠어."

장영길이 말했다.

진원명이 목재를 다듬으며 정문이 있는 방향을 슬쩍 바라보았다.

당연히 뭐가 보이거나 들릴 리가 없다. 그들이 있는 후원은 정문 쪽과는 그만큼 먼 거리에 있었다.

"어차피 그들을 장원에 들이지는 않는다 하였으니 저희와는 얼굴을 마주칠 일도 드물 것입니다."

진원명이 담담히 말했다.

얼마 전 외딴 저택을 습격했을 때 악벌단 인원 7명이 부상을 입었다. 그중 세 명은 부상 정도가 크지 않았지만 나머지 네 명의 부상은 짧은 시간 안에 회복이 어려울 만큼 위중했다.

그래서 악벌단에서는 빠진 인원을 보충하고 거기에 추가로 무사를 더 고용하기 위해 오늘 다시 사람을 모집하겠다는 결정을 내렸다.

악벌단의 고용주인 장원의 사람들은 추가로 더 인원을 모집한다는 결정을 못마땅하게 생각했지만 흉수들 중 청허와 장수생을 완벽하게 제압한 두 복면인—진원명과 은비연—의 무위에 대한 소문이 이미 악주 전체를 진동하고 있었던 터라 차마 거절하지는 못했다.

대신 장원의 사람들은 새로 모집할 인원들은 장원 밖에 거처를 마련하고 장원 안으로 들어오지 못하게 한다는 조건으로 인원 모집을 허락했다.

"그나저나 생각보다 많이 왔더군. 악주에 무인들이 그렇게 많았던가?"

장영길의 말에 진원명이 어깨를 으쓱해 보였다.

사실 진원명으로서도 의외였다.

얼마 전까지 동창이 패배했다는 사실만으로 겁에 질려 움츠러들었던 무인들이 이제 진원명과 은비연의 무위에 대한 소문까지 들었는데 과연 악벌단원 모집에 모여들 것인지 의문이었기 때문이다.

하지만 진원명은 세간의 소문과 무인들의 속성을 자세히 몰랐다.

청허와 장수생도 제압하지 못한 복면인을 압박해 도망가게 한 두 은거기인—무정귀과 백무귀—의 위명이 진원명과 은비연에 못지않게 대단했던 것이다. 대부분의 무인들은 앞으로 천하를 진동시킬 두 고수를 만나보기 위해 악벌단으로 몰려들었다.

"그 두 명의 징체를 알면 끼무러칠걸."

진원명이 장영길도 들리지 않을 정도로 낮게 중얼거렸다.

무인들이 칭송해 마지않는 두 무사의 정체는 지금껏 무인들이 공적으로 여겨왔던 동창의 인물들이다.

어쨌든 백무귀와 무정귀는 악벌단 내에서 애매모호한 대접을 받고 있었다.

처음에는 수상한 자들이긴 하지만 그렇다고 쫓아버리기에는 실력이 아까워 쫓지 못하고 머뭇거렸는데 얼마 지나지 않아 세간에 너무 소문이 퍼져 버리니 이젠 쫓으려고 해도 쫓을 수 없는 상태가 되었다.

어쨌든 오늘 모여든 자들은 무인다운 호기심과 웅심(雄心)으로 모여든 자들이니 제법 쓸 만한 자들이 많을 것으로 생각되었다.

게다가 이번에는 악벌단원의 선별을 장원의 사람들이 아닌 악벌단의 무인들이 하게 되었으니 실력있는 자들이 뽑힐 것이다.

"그러고 보니 자네, 보기보다 요령이 있더군. 지난번 출행에서 중간에 빠져나갔다지? 현명한 태도야. 낭인은 몸이 재산 아닌가? 그런데서 병신 되고 목숨 버려봤자 누가 알아주기라도 하겠나."

바로 눈앞에 있는 장영길 같은 자가 아니란 말이다.

진원명은 지난번 추적 때 돌아와 경공이 낮아 적들을 따르지 못했다고 말했다. 그것은 눈앞에 있는 장영길도 마찬가지였다.

그날 싸움이 벌어진 장소에 마지막까지 합류하지 못한 자들은 다섯 명이었는데 그들은 악벌단 내에서 제법 눈총을 받고 있었다. 조장 출신인 자신은 특히 눈총이 심했다.

"중상을 입은 네 명 중에 한 명은 팔이 완전히 못쓰게 되었더군. 내가 만약 그랬다고 생각하면… 허, 정말 끔찍한 일이지. 그렇게 되느니 차라리 죽는 게 나을 걸세."

진원명에 의해 다친 자의 얘기였다.

애초 별다른 원한이 있던 자가 아니었으니 진원명은 내심 죄책감이 드는 것을 느끼고 인상을 찌푸렸다.

진원명의 심기가 불편해 보이자 장영길이 흘낏 진원명의 눈치를 살피고는 말했다.

"물론 말이 그렇다는 거고, 죽는 것보다는 당연히 살아야 하겠지. 그게 문제일세. 저번이야 장수생이 바보짓을 해서 쉽게 빠질 수 있었지만 다음번에도 그러리란 보장이 없잖은가?"

진원명은 별다른 대답 없이 나무를 깎는 일에만 열중했다.

장영길은 계속 말을 이었다.

"그래, 어떤가? 자네, 마땅한 변명거리라도 생각해 둔 것이

있는가? 우리 같은 낭인들이야 그런 요령거리 정도는 생각해
둬야 제 한목숨 건사할 수 있지. 우리 처지에 명예니 자존심
이니 양심이니 그런 것을 신경 쓰는 것은 바보짓이지. 장수생
이니 청허니 하는 저런 자들과는 애초 급이 다른 인생이 아닌
가?'

급이 다르다라.

진원명은 고개를 갸웃거렸다. 왠지 마음에 들지 않긴 했지
만 장영길의 말은 완전히 틀린 말은 아니란 생각이 들었다.

자신이 능력이 없었다면 이처럼 제멋대로 집을 나설 수 있
었을까? 이처럼 오지랖 넓게 이 일 저 일 끼어들고 한유민이
나 무민을 돕는다며 나섰을 수 있었을까?

그것은 모두 자신에게 애초 그럴 만한 능력이 있었기 때문
에 가능했던 일이다.

"하지만 처음부터 그렇게 급이 달랐던 것은 아니지."

진원명은 나직하게 중얼거렸다.

사람은 대개 자신이 할 수 있는 일과 없는 일을 구분하며
산다.

장영길은 그 구분이 명확한 것뿐이고, 그 분별력은 분명 장
영길이 자신의 삶을 더 쉽고 길게 유지할 수 있도록 지켜줄
것이다.

사실 자신도 예전엔 장영길과 다르지 않았다. 자신에게는
단지 어쩔 수 없는 상황이 있었을 뿐이다.

"자네 방금 뭐라고 했나?"

장영길의 물음에 진원명은 피식 웃으며 고개를 저었다.

간혹 어렵고, 불가능해 보이는 일에 도전해야 하는 상황이 생긴다.

그냥 산다는 것 이상으로 중요한 가치가 생긴다면 말이다.

반드시 그렇게 해야 한다는 것은 아니다.

하지만 그렇게 함으로써 자신이 할 수 없으리라 생각했던 일이 사실은 할 수 있는 일이라는 것을 깨우치게 되는 경우도 있을 것이다.

장영길에게도 언젠가 자신이 생각하는 자신의 급을 상향 조정해야 할 날이 올까? 진원명은 잠시 의문을 느꼈지만 이내 신경을 끄고 나무를 다듬었다.

진원명이 다듬는 나무토막에서 원반 모양의 암기가 슬슬 모습을 드러내기 시작했다.

진원명이 자신의 말에 대꾸하지 않았지만 장영길은 신경 쓰지 않는 듯 이내 다른 이야기를 꺼냈다.

"그러고 보니 요즘 내당 무사들과 좀 친하게 지냈더니 그 중 하나가 재미있는 이야기를 들려주더군."

진원명은 별다른 관심 없이 나무토막 깎는 것에 열중했다. 장영길이 말을 잇는다.

"자네, 부자들 중에는 조금 변태적이거나 특이한 취향을 가진 이들이 있다는 거 알고 있나? 뭐 그러니까 이성보다 동성에게 매력을 느낀다거나 하는 거 말일세."

거기까지 말한 장영길이 주변을 슥 돌아보더니 낮게 속삭였다.

"그 친구 말로는 이 집 장주 유원협이 바로 그렇다고 하네."

진원명의 반응은 시큰둥했다.

장영길이 살짝 맥이 빠진 표정을 지어 보이다가 이어서 말했다.

"내원에 말일세, 유원협의 종질이 되는 한 청년이 산다고 하네. 정확하게 말하면 갇혀 있는 것이지. 장원 깊숙한 곳에 갇혀 식사만 넣어준다더군."

거기까지 말했을 때 진원명이 고개를 들어 뜻밖이라는 표정으로 장영길을 바라보았다.

장영길은 진원명이 관심을 보이는 것 같자 희색을 띠며 말을 이었다.

"뭐 유원협의 말로는 종질이 몸이 약해 햇빛을 보는 것이 좋지 않다고 하는데, 그런 것치고는 의원이 드나드는 것도 아니고 식사도 꼬박꼬박 잘 챙겨 먹는 것처럼 보였더란 말일세. 그래서 그 내당 무사가 호기심을 가지고 살펴보았다고 하네."

장영길이 말을 멈추고 진원명을 쳐다보았다.

진원명은 집중하여 듣고 있었다. 장영길은 흐뭇한 표정으로 말했다.

"그쪽 건물은 자신의 관할이 아니지만 그 건물 관할인 동료에게 물어본 결과 그 건물 안에 있는 자는 확실히 어디가 아픈 기색은 없었다고 하네. 대신 한 가지 특이한 점이 있었다네. 바로 남자라 여겨지지 않을 만큼 아름다웠다는 것이지."

무민이다. 진원명은 확신했다.

"게다가 정말 놀라운 사실은 말이네, 유원협의 종질 중에 그처럼 젊은 청년은 존재하지 않는다는 것이지. 허허, 재미있지 않나?"

"그래서 그 청년이 바로 유원협의… 그, 애인이란 말씀이군요."

진원명의 말에 장영길이 고개를 끄덕였다.

"바로 그걸세. 참 부자들이란 말이지 우리 보통 사람들과는 확실히 뭔가 달라도 다른 모양이라네. 참 특이한 것에 즐거움을 느낀단 말이지. 예전에는 이런 경우도 겪어봤다네. 내가 북경에 있을 때……."

"그보다 그 유원협이 가뒀다는 청년 말입니다."

진원명이 말을 자르고 들어왔다. 장영길의 말은 가만히 놔둔다면 끝없이 이어지리라.

"응?"

"…그 청년이 갇혀 있다는 건물을 혹시 아십니까?"

진원명의 질문에 장영길이 고개를 갸우뚱한다.

"그긴 알아서 뭐 하나? 이차피 내원에 들어기지도 못할 거. 장원 내당 남서쪽에 외따로 있는 건물이라는데… 아, 그러고 보니 참 희한한 것은 유원협의 거처는 내당 북동쪽이라 정반대인데 말이지. 남들의 시선이 신경 쓰였으려나?"

진원명은 그 정도 단서로도 충분히 무민이 갇힌 곳을 짐작할 수 있었다.

장영길도 도움이 될 때가 있군. 진원명이 내심 고마운 마음으로 장영길을 바라보았다.

두 사람은 한동안 그곳에서 암기를 만들었다.

진원명은 장영길이 또 괜찮은 정보를 가지고 있지 않을까 생각하며 이어지는 장영길의 말을 주의 깊게 들었지만 장영길은 그 외에 별달리 도움되는 이야기는 하지 않았다.

두 사람이 만든 암기들이 제법 바닥에 쌓여갈 때쯤 장영길이 다듬던 나무토막을 내려두고는 어깨를 풀어주며 말했다.

"앞뜰에서는 무공 좀 한다는 녀석들을 뽑는다고 바쁘겠군. 그런 거 좀 봐두면 위급할 때 써먹기도 하고 나쁘지 않을 텐데 말이야. 서 소저나 막 대협같이 실력있는 사람들이 그런 거 본다고 뭐 도움이나 되겠어? 우리 같은 사람들이 봐야지. 하긴 그 둘이라면 그런 기술들을 본다고 훔치려 하지는 않을 테니 이처럼 무인 선별에 심사도 시키는 것이겠지. 덕분에 내가 이런 암기들을 만들게 되었지만 말이야."

백무귀와 무정귀 두 사람은 여전히 진원명과 같은 조의 조원으로 취급되었지만 오늘은 청허, 장수생과 함께 악벌단원의 심사를 보게 되어 있었다.

진원명은 장영길이 도와줄 상대가 아닌 말상대가 필요했던 것인지도 모르겠다고 생각하며 입을 열었다.

"그런데 이 암기는 무엇에 쓰는 물건인 겁니까?"

"나야 모르지. 하지만 막 대협이라면 뭔가 쓸 일이 있으니 만들게 했지 않겠나?"

진원명이 의아한 듯 장영길을 바라보았다.

"막 대협? 그게 무슨 소리죠? 설마 이 암기를 막문위 그자가 만들게 한 것인가요?"

"아, 그렇네만."

장영길은 몰랐었나? 라고 묻는 듯한 표정으로 진원명을 바라보았다.

진원명이 기가 막혀 한숨을 내쉬었다. 진원명은 암기를 만드는 일이 악벌단에서 하달된 명령이라 여겼다. 애초 악벌단을 위해 필요한 물건이라 여겼으니 같은 조원으로서 도와주었던 것이다.

백무귀 개인이 필요한 것을 장영길이 만들고 있다는 것은 백무귀에 대한 아첨의 일환이리라. 그런 것을 진원명이 도와줘야 할 이유가 없었다.

아까 전 자신에게 준 정보에 대한 고마움에 잠시 고민했지만 이내 진원명은 칼과 나무토막을 내려놓았다.

그 보답은 지금껏 자신이 만든 임기들로 충분하다 생각했기 때문이다.

"난 이만 가보겠습니다. 그리고 이거, 막문위가 필요한 물건이라면 막문위더러 만들라 하세요."

"엉? 이, 이봐! 갑자기 왜 그래?"

장영길이 당황하며 뭐라 말하는 듯했지만 진원명은 신경 쓰지 않고 걸음을 돌려 떠나갔다.

울상이 되어 바라보는 장영길을 뒤로하고 걸어가고 있을 때 문득 진원명은 자신을 바라보는 누군가의 시선을 느꼈다.

고개를 들자 정원과 정원을 나누는 문간에 서서 자신을 바라보는 한 사내의 모습이 보였다.

설공현이다.

설공현은 진원명이 마주 바라보는데도 굳이 시선을 피하지 않았다.

설공현은 과거 진가장에 출입하곤 하여 진원명과도 자주 마주쳤었다.

설마 자신을 알아보기라도 한 것일까? 내심 불안했지만 진원명은 그 불안함을 드러내지 않고 아무렇지 않은 듯 설공현의 곁을 지나쳐 갔다.

"자네, 연구민이라고 했었지."

그때 설공현의 목소리가 들려왔다. 진원명은 그런 가명을 쓰고 있었다.

"나에게 볼일이 있으십니까?"

진원명은 짐짓 불안함을 숨기며 대답했다. 설공현이 진원명을 바라보더니 살짝 눈살을 찌푸렸다.

"자네, 혹시 원래부터 해서파의 문도였는가?"

진원명이 내심 놀랐지만 태연하게 대꾸했다.

"그게 무슨 소립니까? 원래부터 문도라니요?"

"그러니까 내 말은… 자네가 예전부터 해서파의 문도였냐는… 아, 아닐세. 내가 쓸데없는 말을 했군. 그만 가봐도 좋네."

설공현은 고개를 저으며 말을 얼버무렸다.

진원명이 살짝 굳은 표정으로 설공현을 바라보았지만 설공현은 뭔가 다른 생각에 잠긴 듯 진원명을 바라보지 않고 있었다.

변장은 충분하다 여겼지만 또 모르는 일이었다.

벌써 단목영에게 정체를 들킨 적도 있지 않은가? 진원명은 찝찝한 기분을 떨치지 못하고 걸음을 옮겼다.

설공현이 서 있는 문가를 지나서 얼마 걸어가지 않았을 때 진원명의 좌측에서 진원명을 부르는 목소리가 들려왔다.

"어디 있었던 거예요? 한참 찾았잖아요!"

가만두질 않는군. 진원명이 그렇게 생각하며 한숨을 내쉬었다.

"왜 또 날 찾아온 거요, 전 소저?"

진원명의 왼쪽에서 진원명을 바라보는 여인은 난목영이었다.

"저번에도 말했지만 당신이 보고 싶어서 온 게 아니에요. 난 서보원 그녀에게 관심이 있다고요."

그리고 보니 단목영과 무정귀는 요즘 꽤 친하게 지내고 있었다.

"오늘 서 소저는 악벌단 참가 인원을 심사한다오. 만날 수 없을 것이오."

"알아요. 그래서 당신에게라도 물어보기 위해 찾아온 거죠."

"참으로 지극정성이구려. 그녀에 대해 왜 그렇게 알고 싶어하는 거요?"

단목영은 진원명을 올려다보았다.

"달라요."

"무슨 말이오?"

진원명이 의아한 듯 되물었다. 단목영이 말했다.

"난 그녀에 대한 것보다 그녀가 가진 검에 대해 알고 싶어요."

그리고 보니 단목영이 처음 관심을 보였던 것이 무정귀의 검이었지?

진원명이 기억을 떠올리고 있을 때 한 남자의 목소리가 끼어들었다.

"서 소저의 검이라면 그… 동방검을 말하는 것이오?"

설공현이었다.

진원명이 눈살을 찌푸렸다. 설공현은 자신들의 말을 엿들은 것으로 보였다. 본의 아니게 엿들었다 해도 이처럼 엿들은 말에 참견하고 나서는 것은 그다지 예의있는 행동이 아니다.

"혹시 설 방주님은 그 검에 대해 알고 계시나요?"

하지만 단목영은 설공현의 무례에 대해 전혀 의식하지 않은 듯 되물었다.

설공현은 단목영이 다가오자 당황한 표정을 지어 보이다가 황급히 대답했다.

"조금… 조금은 알고 있습니다."

"정말인가요? 그 검의 이름도 알고 있나요? 그 검은 대체 어디에서 만들어진 검이죠?"

단목영이 희색을 띠며 설공현에게 매달렸다. 단목영이 저런 모습을 보이는 것을 보면 단목영에게 그 검이 중요하긴 중요한 모양이었다.

"그, 그 검은 그러니까… 고려국의 장인이 만들어낸 검입니다. 지금은 조선이라 하지만……."

"조선이라고요? 바다 동쪽에 있다는 나라 말인가요?"

"…그렇습니다."

"고려국의 장인이라면, 지금은 만들어지지 않는다는 것인가요? 예전에는 이런 칼이 많이 만들어졌고요?"

단목영의 다그침에 설공현은 처음에는 난감해하는 듯했지만 이내 단목영의 얼굴을 멍하게 바라보며 단목영의 질문에 대답하기 시작했다.

"지금은 만들어지지 않습니다. 그렇게 들었습니다. 과거에도 수년에 한 번 만들어졌던 드문 검이라 했습니다. 만들어질 때 보통 여러 자루가……."

두 사람 모두 진원명이 곁에 있다는 것을 신경조차 쓰고 있지 않았다.

진원명은 기묘한 느낌을 받았다.

대화하는 두 사람의 모습 때문이다.

"언제였지?"

진원명은 중얼거렸다.

마치 예전에 이런 모습을 본 적이 있었던 것처럼, 사이좋아 보이는 두 사람의 모습은 진원명에게 왠지 낯설지가 않았다.

그리고 그 낯설지 않음이 불안했다.

선명한 핏빛 속에서 누워 있던 단목영의 모습이, 그 참혹했던 광경이, 지금 눈앞에 보이는 단목영과 겹쳐 보이는 듯했기 때문이다.

악귀(惡鬼) 2

그곳은 부유한 집안의 방 안인 듯했다.

해가 저물었지만 방 안을 비춘 등롱의 불빛은 밝았고, 마음을 편안하게 만드는 좋은 향기가 떠돌고 있었다.

그곳 침상 위에 한 여인이 앉아 있었다. 설공현과 혼인한 단목영이다.

단목영은 기이한 표정을 짓고 있었다. 뭔가 고민이 있는 듯한 그런 표정이다.

진원명은 문득 깨달았다.

이것이 지난번 꾸었던 꿈의 연장이라는 것을 말이다.

그래, 바로 그때부터였다. 진원명은 그동안 계속 그들을 지켜보고 있었다.

꽤 많은 세월이있다. 단목영이 혼인한 지 삼 년이라는 세월이 지났으니 말이다.

항상 느끼는 것이지만 기이한 꿈이었다.

현실과는 동떨어진 듯하지만 너무도 현실에 부합하는 듯한 그런 꿈.

적어도 자신이 이 꿈속에서 바라보아 왔던 두 사람의 모습은 자신의 꿈속에서 임의로 꾸며진 거짓이라 여겨지지 않았다.

지난 삼 년간 단목영은 변했다.

당연한 일이다. 세월의 흐름은 모든 사람을 변하게 만든다. 그 변화가 꼭 외부적으로 드러난 변화가 아니더라도 말이다.

적어도 진원명이 지켜봐 온 삼 년간, 단목영은 설공현이 보여준 단목영에 대한 진심에 대해서는 분명하게 알게 되었다.

하지만 그 진심을 안 것은 그저 안 것일 뿐이었다. 그렇기에 외부적으로 보여지는 단목영의 모습은 처음 설공현을 만났을 때와 큰 차이가 없었다.

설공현은 사적인 자리에서는 단목영에게 철저하게 예의를 갖췄다. 단목영과 각방을 사용했고, 아내라기보다는 어려운 손님을 대하듯 했다.

단목영은 그것에 대해 특별히 감사하게도 이상하게도 여

기지 않았다. 그것은 단지 설공현이 원하기에 그렇게 하는 것일 뿐이었다.

그것은 단목영에게 나쁠 것도 없었고 단목영은 그것으로 족하다 여겼다.

단목영은 그 이상으로 깊이 생각하려 하지 않았다. 설공현이 그렇게 자신을 대하는 이유와 설공현이 정말로 원하는 것이 무엇인지에 대해 단목영은 굳이 알려고 하지 않았다.

단목영은 자신과 관계없는 자의 일로 고민하는 것이 싫었다. 단목영은 설공현의 일로 고민하는 것이 싫었다.

"그것은… 무슨 의미였지?"

하지만 단목영은 지금 설공현에 대한 일 때문에 고민하고 있었다.

설공현과 자신이 부부지연을 맺었으니 설공현이 자신을 멀리한다 하여도 설공현과 완전히 무관하게 지낼 수는 없는 노릇이긴 했다.

지금도 바로 그러한 경우일 뿐이다.

단지 설공현으로 인해 자신에게까지 관계되는 일이기에 고민하는 것이라고, 단목영은 자신의 감정에 대해 그렇게 단순하게 생각했다.

그 감정이 바로 자신이 삼 년간 거친 변화의 결과라고는 단목영은 상상조차 하지 못하고 있었다.

뚜벅, 뚜벅.

방 밖에서 다급한 발소리가 들려왔다. 진원명은 그 정체를 알 수 있었다. 설공현이다.

　벌컥!

　방으로 들어온 설공현은 단목영의 안색부터 살폈다. 하지만 단목영은 이미 평소와 같은 무표정으로 자신을 감춘 뒤였다.

　"당신… 어머니를 만났다고 들었소."

　단목영은 오늘 시어머니를 만났다.

　단목영은 뭐라 대답할까 고민하다가 그냥 고개만 끄덕였다.

　"당황했겠구려."

　설공현이 안타까운 듯 말했다.

　사실 단목영은 당황했다. 오늘 만났던 설공현의 어머니는 이제껏 자신이 처음으로 만난 설공현의 가족이었다.

　그런 뜻밖의 만남은 무척 당황스러웠고, 화도 났다. 설공현에게 왜 자신에게 미리 소개시켜 주지 않았는지 따지고 싶었지만 참았다.

　지금까지 설공현과 함께 지내며 그런 사소한 것조차 묻지 않았던 자신의 잘못이 더 크다는 것을 알기 때문이다.

　"미안하오. 미리 말했어야 했는데……."

　하지만 설공현은 사과했다.

　사과하는 설공현을 보며 단목영은 마음이 누그러지는 것

을 느꼈다. 설공현은 자신과 함께 있을 때면 너무 스스로를
낮춘다.

"아니에요. 그보다, 그분… 시어머니께서는… 조금 편찮으
신 듯 보이더군요."

단목영은 말을 머뭇거렸다. 설공현이 이해한다는 듯 말했
다.

"그분은 정신병을 앓고 계시오."

그렇게 말한 설공현은 더 설명하지 않았다. 단지 방을 한
번 살피고는 단목영의 상태를 물은 뒤에 이렇게 말했을 뿐이
다.

"그분은 나를 좋아하지 않으시니… 나도 그분을 뵙지 못한
지 오래되었다오. 당신을 소개해 드리지 못한 것도 그 때문이
오. 미안하오."

설공현은 떠나갔다. 단목영은 잠시 자리에 앉아 있다가 고
개를 저었다.

"단순히… 좋아하지 않는 것뿐이라고?"

낮에 보았던 시어머니의 모습이 떠올랐다.

뼈만 앙상하게 남아 금방이라도 쓰러질 것 같아 보이는 모
습을 한 그녀의 모습이 말이다. 그녀는 단목영에게 이렇게 말
했었다.

"설공현, 그 녀석은 악귀다. 자기 가족들을 잡아먹는 악귀. 내

모습이 보이느냐? 난 곧 죽게 될 거다. 바로 그 녀석 때문이지. 큭큭, 그래, 살려서는 안 되었다. 그냥 죽게 내버려 뒀어야 했어. 그녀석에게 죽기 전에 먼저 죽였어야 했는데, 난 그것을 몰랐다. 큭큭큭, 네년도 마찬가지다. 그 녀석과 결혼했으니 네년도 결국, 언젠가는 나와 같은 비참한 꼴로 그 녀석 손에 죽게 될 것이다. 그렇게 되지 않으려면… 도망가라. 아주 먼 곳으로 가서 다시는 그놈을 보지 않아도 되도록 말이다. 내 말 명심하거라!"

척애(隻愛) 1

시장이 열린 듯 유원협의 저택 근처의 저자는 무척 복잡했다. 진원명은 오가는 사람들 사이를 힘겹게 헤치고 지나가다가 왼쪽으로 빠져 좌판 사이의 빈 담벼락에 기댔다.

"후우."

한숨이 절로 나왔다.

사람들 사이에서 부대끼는 것은 왠지 모르게 피곤했다.

"…무정귀가 또 사고 한 번 내주면 좋겠군."

악벌단원을 추가로 뽑은 뒤 진원명의 사조는 외출금지가 풀렸다.

처음에 진원명은 다행이라 여겼다. 악주를 돌아다니며 은비연과 쉽게 연락할 수 있었고, 한유민이 남겨둔 수하들을 통해 그와도 연락할 수 있었기 때문이다.

하지만 얼마 지나지 않아 이렇게 장원 밖을 나서는 것은 진원명에게 상당히 귀찮은 일이 되었다.

진원명은 장원에서 멀리 벗어날 수 없었다. 은비연과 한유민이 전해준 정보들을 통해 아민의 동료들이 노리는 것이 무엇인지 알았기 때문이다.

그들이 노리는 것은 바로 유원협의 장원이었다.

그리고 아마 그들의 움직임은 얼마 지나지 않아 시작될 것이다.

주변을 두리번거리던 진원명은 이내 땅에 대충 주저앉았다.

장원 밖 순찰조가 계속 장원 근처에서만 어슬렁거린다는 것을 들킨다면 그리 좋은 소리는 듣지 못할 것이다. 게다가 진원명은 악벌단 내에서 벌써 한번 찍힌 몸이었다.

진원명은 그래서 죽립을 하나 사서 둘러쓰고 주로 사람이 많은 곳을 택해 돌아다니고 있었다.

거리를 걷는 자들 사이사이에 무기를 소지한 무사들의 모습이 보였다.

요즘 악주의 분위기가 그러했다. 무정귀와 백무귀의 영웅적인 활약이 퍼져 나가면서 악주의 낭인들은 무인다운 동경과 의욕으로 충만해진 상태였다.

"그나저나 정말 복잡하군."

이런 인파 속에서 받는 암습은 피하기가 극히 어렵다. 과거 불사귀 시절의 진원명은 결코 이런 장소에 발을 들여놓지 않았다.

"뭐, 이젠 나와 원수진 사람도 없으니."

진원명이 중얼거리며 주변을 둘러보았다. 어찌 되었든 이런 혼잡한 곳을 다니며 주의하는 것은 나쁜 일은 아니다.

어지간히 정신을 놓고 있지 않는 한 모르고 당할 일은 없겠지만 이런 곳에는 으레 소매치기범들이 있기 마련이니 말이다.

때마침 진원명의 눈에 띈 소년이 그러했다. 진원명은 공교롭다고 생각했다.

소년은 고개를 살짝 숙인 채 진원명의 곁을 지나쳐 갔는데, 감추고 있었지만 그 손에는 작은 주머니칼이 쥐어져 있었고 그 시선은 앞서 가는 비단옷을 입은 한 뚱뚱한 사내의 허리춤을 향해 있었다.

어떻게 해야 할까 고민하는 사이 뚱뚱한 사내가 사람들에 밀려 잠시 걸음을 멈추었다.

소년의 오른손이 살짝 뻗어 나와 사내의 왼쪽 허리춤을 지나치자 끈이 끊어진 사내의 주머니가 떨어져 내렸다.

툭.

소년의 오른손이 다시 움직여 재빠르게 그 주머니를 낚아

챘는데 주변에 지나는 사람들도 눈치 채지 못할 재빠른 솜씨였다.

"허."

진원명이 감탄하고 있을 때, 소년이 몸을 돌려 왔던 길을 거슬러 돌아가기 시작했다.

진원명의 눈앞을 다시 지나치는 소년을 보며 진원명은 붙잡을까 잠시 고민했지만 이내 그냥 내버려 두기로 했다.

쓸데없이 남들의 눈길을 끌어봐야 좋을 게 없다 여겼기 때문이다.

"얘야."

그때 누군가 소년의 오른팔을 붙잡았다. 진원명이 놀라 고개를 들자 낯익은 두 얼굴이 보였다. 바로 단목영과 설공현이다.

그러고 보니 지난번 그 칼에 대한 이야기를 나눈 뒤로 두 사람은 제법 가깝게 지내는 듯했다.

"아야! 이봐요. 아프다고. 아야야! 뭐 하는 거야, 지금!"

소년이 전력을 다해 손을 빼려 했지만 소년을 붙잡은 설공현의 손은 아무 저항도 느끼지 못하는 것처럼 수월하게 소년의 손을 들어 올려 들려 있던 주머니를 빼앗았다.

소년이 당황하여 외쳤다.

"이봐! 돌려줘!"

"그래, 돌려줘야겠지. 주머니의 주인에게 말이야."

설공현은 차분한 표정으로 말하고는 뒤돌아 걸어갔다.

설공현에게 손이 붙잡힌 소년도 어쩔 수 없이 설공현에게 이끌려 따라간다.

"이보시오."

설공현의 부름에 방금 전 소년에게 소매치기를 당했던 뚱뚱한 사내가 뒤돌아보았다.

"실례지만 여기, 이 주머니를 떨어뜨린 것 같소만."

사내는 놀란 표정을 짓다가 이내 재빨리 주머니를 가져가더니 안에 든 돈을 살피기 시작했다.

"안에 든 내용물은 손대지 않았으니 안심하시오."

설공현의 말대로 안에 든 돈은 사라지지 않은 듯했다. 사내는 그제야 설공현을 제대로 돌아보고 설공현의 손에 웬 꾀죄죄한 소년이 붙잡혀 있는 것에 눈살을 찌푸렸다.

"어쨌든, 고맙소이다."

사내는 대충 인사하고는 떠나가 버렸다. 단목영이 눈살을 찌푸린다.

"예의없는 자로군요."

설공현은 사내에게 신경 쓰지 않고 자신이 붙잡은 소년을 돌아보았다.

소년이 찔끔하여 고개를 숙일 때 설공현이 소년에게 말했다.

"운이 나빴구나. 이처럼 소매치기하는 것을 들키고 훔쳐

낸 돈마저 빼앗겼으니……."

소년은 대답하지 않있다. 설공현이 이어서 말했다.

"하지만 어쩔 수 없는 일이다. 제법 괜찮은 실력이었지만 그렇다 해도 얼마든지 들킬 수 있고, 이렇게 붙잡힐 수 있는 것이 네가 하는 일인 것이니까. 쉽지 않은데다 위험성도 크지."

설공현이 왜 자신에게 이런 말을 하는지 이해할 수 없었던 소년은 겁먹은 눈으로 슬쩍 설공현을 올려보았다.

"가족이 있느냐?"

설공현이 물었다. 소년은 고개를 저었다.

"너 자신을 위해 살아야 하겠구나. 그것은 생각보다 어려운 일이다. 혼자라는 것은 사람을 편협하게 만들기 때문이다. 자신을 위할 줄 아는 자와 자신만을 위할 줄 아는 자, 그 둘 사이에는 큰 차이가 있지만 보통 사람들은 그것을 구별하지 못해 후자의 방식을 따르고 말지."

소년은 이해되지 않는다는 눈으로 설공현을 올려보고 있었다.

"지금 내 말이 이해되지 않을지 모르지만 잘 들어라. 네가 돈을 훔친 사내를 보았겠지? 그는 네게 소매치기를 당했지. 어떠냐? 그가 바보 같고 한심해 보이느냐?"

소년은 대답하지 않았다. 설공현은 고개를 저으며 말을 이었다.

"그렇다면 질문을 바꿔보자. 네가 그처럼 성장한다면 너는 그와 같을 수 있을까? 어떻게 생각하느냐? 아마 그렇지 못할 것이다. 그자와 너 사이에는 큰 차이가 있으니까."

"그는… 원래 부자였으니까요."

소년이 더듬거리며 말했다.

"맞다. 그자는 원래 부자였고, 너보다 많은 기회와 시간을 가지고 있지. 그 격차는 날이 갈수록 벌어지니 너는 그런 자들과의 차이를 평생 좁히기 어려울 것이다. 부당하게 느껴지느냐?"

고민하던 소년이 이내 작게 고개를 끄덕였다.

"그럴 것이다. 하지만 그것이 부당하다 하여 너도 같이 부당해져서는 안 된다. 그자는 단지 운이 좋아 더 많은 기회를 얻었을 뿐 실제로 부당한 방법을 쓰거나 누군가에게 잘못을 범한 것은 아니기 때문이다."

설공현은 몸을 낮춰 소년을 바라보았다. 그 눈빛에서 진심이 느껴졌다.

"네가 그자와 같은 기회를 갖고자 한다면 우선은 그자와 같은 세상에 서야 한다. 하지만 네가 사는 세상은 작다. 그럴 수밖에 없다. 네가 부당하게 사는 이상 너는 점차 너 자신을 감추며 살게 될 테니까. 그자는 이처럼 당당하게 세상을 활보할 수 있지만 너는 그렇게 할 수 없다. 더 큰 세상으로 나가기 위해서는 당당해져야 한다. 남들에게 좀 더 자신을 드러내고,

인정받아야만 하지. 그러니 당당하게 돈을 벌어라. 만약 네가 그럴 수 있는 방법을 알고 싶다면……."

설공현은 잠시 말을 멈추고 쓸쓸한 표정을 지었다.

"조금이나마… 세상에 떳떳하게 살 수 있는 방법을 알고 싶다면 호구(湖口)의 녹양방을 찾아오거라."

설공현이 소년에게 무언가 쥐어주었다.

소년이 놀란 표정으로 올려다보자 설공현은 살짝 미소 지어 보였다.

"이것은 그 여비로 주는 것이다."

소년의 손에는 은자 한 냥이 쥐어져 있었다.

잠시 후 소년이 떠나간 뒤 단목영이 물었다.

"저런 아이들을 보면 항상 이렇게 하는 건가요?"

설공현이 잠시 뭔가 생각에 잠겨 있다가 뒤늦게 자신에게 던진 질문임을 깨닫고 대답한다.

"아니, 처음이라오. 이런 아이들을 보는 것도, 이렇게 말한 것도."

"그렇군요. 왠지… 익숙해 보였는데."

단목영이 고개를 갸웃거리자 설공현이 살짝 미소 지었다.

"…예전에 내게 이렇게 말해줬던 분이 있었기 때문이오."

"설 방주님에게요? 그게 누구죠?"

"바로 내 아버지라오. 그분의 말과 달리… 사실, 녹양방의 일은 그렇게 떳떳한 것만은 아니었지요."

설공현은 그 이상 말하지 않았다.

단목영은 의아한 표정을 지어 보였지만 더 묻지 않았다.

곧 설공현과 단목영은 진원명이 기대 쉬는 곳 옆을 지나쳐 갔다.

진원명의 곁을 스쳐 가던 설공현이 슬쩍 진원명을 돌아보았다.

어차피 보일 리가 없지만 진원명은 고개를 더 푹 숙여 죽립 아래로 얼굴이 드러나는 것을 막았다.

고개를 갸웃거리며 다시 걷던 설공현이 이내 걸음을 멈추고는 다시 뒤돌아 진원명을 뚫어지게 쳐다봤다.

"당신이 불러냈습니까?"

설공현이 입술을 깨물며 말했다.

"네?"

단목영이 의아한 듯 되물었다.

"…저자, 연구민 말입니다."

진원명이 어이없다는 듯 눈살을 찌푸렸다. 자신은 이제 목 깃의 나비 문양도 모두 없애 버린 상태였다. 도대체 어떻게 알아본 것인가?

"그게 무슨? 연구민이라니……."

어리둥절한 표정을 지으며 진원명을 돌아보던 단목영이 이내 놀라며 묻는다.

"설마 당신이 진… 연 공자인가요?"

진원명이 어쩔 수 없이 죽립을 벗으며 말했다.

"두 분 함께 순찰 중이신 모양이구려."

"흥, 얼굴을 봤을 텐데 아는 척 정도는 해주는 것이 예의 아닌가요?"

단목영은 그렇게 투덜거렸지만 이내 표정을 풀고 진원명에게 다가왔다.

"바빠 보이지는 않는군요?"

"여기에 가만히 서 있기만 해도 충분하다오. 워낙 사람이 많이 지나다니니 말이오."

단목영은 반가워하는 듯한 눈치였지만 설공현은 그렇지 않았다.

자신을 발견했을 때부터 설공현은 왠지 기분이 나쁜 듯한 기색을 풍기고 있었다.

"아무래도 우연히 마주친 듯하구려. 그럼 방해하지 않겠소. 하던 일 계속하시기 바라오."

설공현이 말했다. 단목영이 황급히 끼어든다.

"이렇게 만났으니 차라도 한 잔 하는 게 어때요?"

진원명은 실소했다.

자신과 가까이 지내는 것이 좋지 않다고 몇 번을 말했는데도 발전이 없다.

최근 느끼는 것이지만 단목영은 생각보다 정이 많은 성격이었다. 겉보기에는 한겨울의 한풍(寒風)마냥 쌀쌀맞아 보이지만 말이다.

단목영이 다그쳤다.

"뭐 해요. 웃고만 있고. 여기는 복잡하니 빨리 자리를 옮기죠."

"생각보다 눈치도 없고 말이오."

"뭐라고요?"

진원명의 중얼거림에 단목영이 의아한 표정을 지었다.

뒤편에서 설공현이 안절부절못하는 모습이 보였다. 조금만 설공현의 표정을 살펴도 이상함을 느낄 법한데 단목영은 설공현의 처지에 신경도 쓰지 않고 있었다.

진원명은 다시 웃으며 고개를 저었다.

하지만 그런 단목영이 싫지 않았다. 이상한 일이다.

함께 지내면서 정이 든 것일까?

"어디 아파요?"

진원명이 계속 실없이 웃고 있자 단목영이 불쾌한 기색을 보이며 말했다.

진원명은 손을 내저었다.

"아, 아니오. 미안하오."

진원명은 자리를 피해주는 편이 좋겠다고 여겼다.

그녀가 싫지 않기에, 그녀가 혹시라도 자신 때문에 피해를 입는 것이 싫었다.

"전 소저, 난 그냥 여기서……."

진원명이 입을 열 때 멀리서 날카로운 호각 소리가 들려왔다.

삐이익!

단목영과 설공현이 고개를 들어 허공을 살폈다.

주변 사람들 또한 무슨 일인가 하여 주변을 두리번거렸다. 잠시 후 이번에는 두 곳에서 연달아 호각이 들려왔다.

삐이익! 삐이익!

"소집령이오."

설공현이 표정을 굳히며 말했다.

진원명 또한 고개를 끄덕였다. 드디어 자신이 기다리던 그들의 움직임이 시작된 것 같았다.

"빨리 가보아야겠군요."

단목영이 말했다.

지난번의 실패 이후 악벌단에서는 적들을 발견했을 때의 대처를 체계화시켜 둔 상태였다.

기본은 저택에서 대기하던 자들과 새로 악벌단에 포함된 자들이 먼저 저들을 쫓고 나머지 바깥에 나가 있던 자들은 따로 집결한 뒤 우회해 적들의 퇴로를 포위하는 식이었다.

그리고 지금의 호각들이 바로 집결지를 지정하는 신호였다.

단목영이 호각의 방향을 따라 움직이다가 문득 진원명을

돌아보았다.

"뭐 하는 거죠? 따라오지 않고?"

진원명이 단목영을 바라보았다.

"나는 잠시 이 근처에 볼일이 있소. 먼저들 가시오."

"무슨 볼일이 있다는 거죠? 그렇게 여유 부려도 되는 것이
아니라고요. 지금 호각은……."

"전 소저, 저 사람도 모르지 않을 것이오. 여기서 이러고
있을 것이 아니라 우리끼리 먼저 갑시다."

설공현이 단목영의 말을 끊었다.

단목영이 설공현을 흘낏 바라보고는 이내 알겠다는 듯 말
했다.

"그럼 저희 먼저 가겠어요. 너무 늦지 않도록 하세요."

진원명은 고개를 끄덕였다. 설공현과 단목영이 사람들을
뚫고 떠나갔다.

진원명은 왠지 모를 서운함을 느끼고 단목영의 뒷모습을
바라보았다.

단목영과 마주치는 것도 이것이 마지막이 될 가능성이 높
기 때문이다.

자신은 악벌단과 합류하지 않을 것이다. 자신은 달리 할 일
이 있었다.

그리고 그 일을 마치게 된다면 더 이상 악벌단에 돌아오지
않을 것이다.

단목영이 멀리서 뒤돌아보는 모습이 보였다. 진원명은 단목영을 바라보며 나직하게 중얼거렸다.

"부디, 이번 생은 행복하시오."

단목영이 사라졌다. 진원명은 재빠르게 뒤돌아 사람들 사이로 빠져나갔다.

척애(隻愛) 2

부스럭부스럭.

악벌단의 처소는 사람들이 모두 빠져나간 듯 조용했다.

진원명은 그렇게 조용한 악벌단의 처소 내에 마련된 자신의 방에서 짐을 챙기고 있었다.

익숙하게 짐을 다 챙긴 진원명이 중얼거렸다.

"서신이라도 남길까?"

고민하던 진원명은 이내 고개를 저었다.

지난번의 전례도 있으니 자신이 이런 상황에서 말없이 사라진다 해도 모두들 적들이 두려워 도망간 것이라 생각할 것이다.

진원명은 처소를 나와 보는 사람이 없는지 살피며 조심스럽게 장원을 이동했다.

진원명은 장원의 바깥쪽 지형이라면 이제 훤하게 꿰뚫고 있었다. 요 몇 주간 계속 살피고 돌아다녔으니 당연한 결과다.

그 모든 것은 오늘을 대비한 것이었다.

박철우의 언질이나 은비연과 한유민이 보내준 정보들은 모두 한 가지 가능성을 말해주고 있었다.

지금 악벌단이 쫓고 있을 적들은 단순한 미끼라는 것을 말이다.

장원 바깥쪽 사람이 잘 오가지 않는 길을 따라 이동하던 진원명은 장원 서쪽의 정원에서 걸음을 멈췄다.

지난 며칠간 파악한 바로는 적들이 침입하기 좋은 경로는 장원 서쪽이었다.

하인들의 통행이 적었고 숲이 우거져 엄폐물이 많은 데다 내원에서도 위사들이 가장 적게 배치된 곳이었다. 그들이 조금만 장원을 조사했다면 분명 이곳을 선택했을 것이다.

진원명은 정원 구석에 우거진 수풀로 걸어가 그곳 안에 웅크리고 앉았다.

나무와 수풀이 진원명의 모습을 가려주면서 진원명은 주변을 충분히 살필 수 있는 그런 장소였다.

기다리는 데 얼마가 걸릴지 모르는 일이다. 진원명은 일부러 편하게 기다릴 수 있을 만한 자리를 찾아두었다.

적들의 주력은 장원을 찾아올 것이다. 무민을 구하기 위해서.

진원명은 그들을 기다릴 생각이었다.

장원안에 이처럼 아무도 남기지 않은 것을 보면 이번에 악벌단이 쫓는 자들은 상당한 인원으로 생각되었다.

"이해할 수 없군."

그들은 모두 미끼였다. 악벌단원들을 끌어낼 미끼.

위험한 일이다.

지난번 만났던 박철우의 언질 역시 자신의 이런 위험을 예상하고 말한 것이 분명했다.

뭔가 다른 이유가 있는 것일까? 아니면 그자들 모두의 목숨을 위험에 빠지게 해서라도 구해야 할 만큼 그자들에게 무민이 중요했던 것일까? 무민이 도대체 누구이길래? 무민은 그들에게 어떤 존재인 것일까?

진원명의 머릿속에 이런저런 의문들이 떠올랐다. 진원명으로선 뭐라 답을 내리기 어려운 문제였다.

그렇게 한참의 시간이 흘렀다. 해가 슬슬 떨어지려 하는 것을 보니 적어도 한 시진 이상이 지난 것으로 보였다.

진원명은 가볍게 몸을 풀어주면서 중얼거렸다.

"근데, 설마 다른 곳으로 들어오는 것은 아니겠지?"

여기서 종일 기다렸는데 다른 방향으로 들어온 자들이 아민을 구해서 가버린 뒤라면 그만큼 허무한 일이 없을 것이다.

하지만 그때, 누군가 성원으로 들어왔다.

드디어 시작인가? 진원명은 긴장하며 숨을 죽였다.

잠시 후 들어선 사람의 모습이 드러났다. 복장을 보니 장원에서 허드렛일을 하는 하인이다. 진원명은 맥이 빠지는 것을 느꼈다.

"정말 헛다리 짚은 것은 아니겠지?"

진원명은 불안한 목소리로 나직이 중얼거렸다.

거리가 있어서 자세히 보이지 않았지만 하인의 모습은 진원명에게 왠지 낯설지 않았다.

장원을 오가며 자주 마주쳤던 하인 중에 한 명일까?

진원명이 그렇게 생각했을 때 하인이 주변을 한 번 둘러보더니 가볍게 몸을 날려 담벼락 위로 올라섰다.

고수다.

진원명이 다시 긴장했다. 단순히 하녀가 저런 고수일 리가 없었다. 아마 저 하녀는 아민의 동료들이 심어둔 첩자이리라.

진원명은 조심스럽게 몸을 일으켜 하녀의 뒤를 따르기 시작했다.

하녀는 장원 서쪽으로 계속 이동했다. 하녀가 꼼꼼하게 주변을 살피면서 조심스럽게 이동했기에 진원명은 조금 먼 거리에서 하녀의 뒤를 쫓았다.

얼마 되지 않아 하녀는 장원 외벽이 있는 곳까지 도착했다.

그리고 그 순간 하녀 주변에서 다섯 명의 사내가 나타났다.

진원명은 움찔하며 몸을 낮추었다.

다섯 사내는 이제껏 그 근방에서 몸을 숨기고 있었던 모양이었다. 사내들은 하인들이 입는 복장을 입고 있었다.

잠시 서로 이야기를 나누던 그들은 이내 하녀의 안내를 받아 장원의 중심부로 돌아오기 시작했다.

바로 진원명이 있는 방향이다. 진원명이 주변을 둘러보았지만 적들이 가까이 왔을 때 몸을 숨길 만한 괜찮은 장소가 보이지 않았다.

얼마 전 야행에도 한 번 이랬었는데 발전이 없군.

진원명이 내심 자책하며 경공을 써서 황급히 뒤로 물러났다. 진원명은 아까 전 처음 숨었던 장소까지 돌아와 수풀 속에 다시 몸을 숨겼다.

진원명은 가빠진 숨을 골랐다.

적들은 주변을 살피며 천천히 돌아오고 있을 것이다. 하지만 자신은 급하게 돌아오느라 주변을 확인하지 못했다.

"설마 누군가에게 들킨 것은 아니겠지."

진원명이 내심 불안하여 중얼거렸다. 주변은 조용한 것이 누군가에게 발견된 기미는 없었다.

진원명은 내심 다행이라 여기다가 문득 어떤 사실을 떠올렸다.

"생각해 보니 왜 난 이처럼 몸을 숨긴 것이지?"

자신은 저들을 돕기 위해 왔다. 그들을 피하기보단 모습을 드러내야 하지 않는가?

고민하던 진원명은 고개를 저었다.

저들은 다른 사람의 도움을 탐탁지 않게 여기는 듯 보였다.

지난번 아민의 동료들을 도와줬을 때 박철우와 은비연이 서로 알고 있었던 이유도 그것 때문이었다. 그들은 은비연이 자신들을 찾는 것을 알고 미리 은비연을 찾아가 그들의 일에 신경 쓰지 말 것을 경고했던 것이다.

은비연의 말에 의하면 지난번의 도움 뒤에 박철우의 태도는 무척 호의적으로 바뀌었다고 했다. 하지만 그럼에도 그들 자신의 일에 대해 언급하지 않는 것만은 여전했다고 했다.

지금 자신이 끼어든다고 해도 저들은 분명 반기지 않을 것이다.

사실 자신이 돕지 않는다 해도 악벌단이 자리를 비운 이상 저들 여섯 명이면 충분히 무민을 구출할 수 있을 것으로 보였다.

쓸데없이 지금 끼어들어 빈축을 사기보다는 그냥 숨어서 지켜보다가 필요할 때 도와주는 것이 더 나은 선택일지 모른다. 진원명은 그렇게 생각했다.

잠시 후 하녀와 다섯 명의 사내가 모습을 드러냈다.

그들은 태연한 기색으로 정원을 걸어오고 있었다. 아마 모르고 봤다면 장원의 하인들이 오가는 모습으로 여겼을 것이다.

물론 자세히 본다면 그들의 움직임이 지형지물을 이용해 되도록 사각을 많이 두는 장소로만 움직이고 있다는 것을 알 수 있겠지만 말이다.

진원명은 시야를 돋워 그들의 면면을 살펴보았다.

나무와 수풀이 시야를 방해했지만 진원명은 이내 뒤따르는 사내들 중 한 명의 얼굴이 눈에 익다는 사실을 알 수 있었다.

지난번 용유진에 의해 포위당했다가 한유민과 자신에 의해 구해졌던 이등이란 자다.

진원명은 계속 살폈지만 다른 이들 중에는 진원명이 아는 자가 없었다.

잠시 후 사내들과 하녀가 지나쳐 가자 진원명은 다시 몸을 일으켜 그들의 뒤를 따랐다.

장원 내원 가까이 이른 그들은 어느 순간 시야에서 사라졌다.

진원명이 눈살을 찌푸렸다.

저들은 사라진 것이 아니라 곁에 있던 덤불들 틈으로 은폐한 것이었다.

덤불숲이 넓어 이렇게 떨어져 있어서는 그들이 어떻게 어디로 이동하는지 알기 어려웠다. 진원명은 고민하다가 조심스럽게 덤불숲으로 접근해 갔다.

"…에서 …하죠."

소리나지 않게 조심하며 접근한 진원명의 귀에 곧 누군가의 목소리가 들려왔다.

보이지는 않았지만 생각보다 가까운 거리에 있는 듯했다.

진원명은 자리에 낮게 엎드린 채 방금 소리가 들려온 방향으로 더 가까이 다가갔다.

"우려했던 것과는 달리 허술한 곳이구려. 내가 장원을 관리했다면 이쪽에만큼은 필히 경비를 집중해 두었을 것이오."

"지체 높은 집안이니 이제껏 누가 이렇게 침입해 올 일이 없었겠죠. 우리로선 다행인 일입니다."

거리가 가까워지니 저들의 대화가 어렴풋이 들려왔다. 진원명은 청각을 돋워 그들의 말을 들었다.

"어쨌든 지금 택한 자리가 괜찮군요. 편하게 날이 저물길 기다릴 수 있을 것 같소."

"그러게 말이오. 아늑한 게 긴장이 풀려 잠이 들까 걱정일 정도요."

"후후, 이 위장이 잠이 들면 그냥 두고 갈 것이오."

아마 저들은 이곳에서 날이 저물 때까지 머무를 모양이다. 생각해 보면 지금 적들이 위치한 이곳은 평소 사람이 거의 오가는 일이 없는 곳이었다.

주변을 살핀 진원명은 좀 더 편하게 저들을 살필 수 있는 곳으로 이동해야겠다고 생각했다. 지금의 자세는 너무 불편하다.

"그보다 그분의 동태에 대한 정보는 없었느냐?"

무민에 대한 이야기인 것일까? 진원명이 조심스럽게 몸을 움직여 가며 그렇게 생각했을 때 여인의 대답이 들려왔다.

"그분은 바깥을 나오지 못하셔서 저도 직접 뵐 순 없었습니다. 단지 그분이 계신 곳을 출입하는 위사에게 들은 바로는 특별히 상한 곳 없이 매우 건강해 보였다고 합니다."

진원명은 움직임을 멈춘 채 잠시 멍해졌다.

방금 전 들려온 여인의 목소리가 자신에게 무척 익숙했기 때문이다.

"조금 위험을 감수하더라도 직접 찾아뵙고 오늘의 거사를 언질해 드렸다면 좋았을 텐데. 아쉽구나."

"거 최 형은 너무 깐깐하오. 민아가 혼자 이곳에서 고생했는데 말이오. 이만하면 충분히 할 만큼 했지요."

"음, 그건 나도 모르는 바는 아니오. 민아에게야… 항상 고마워하는 마음뿐이지요."

잠시 말을 멈춘 사내가 이어서 말했다.

"고맙다, 아민. 우리 모두가 너에게 큰 빚을 지고 있다는 것, 잊지 않고 있단다."

진원명이 몸을 일으켰다.

수풀 사이로 사람들의 그림자가 살짝 비쳐 보였다. 자신이 저들을 볼 수 있으니 저들도 자신을 볼 수 있을지 모르지만 진원명은 신경 쓰지 않고 그들을 바라보았다.

"아민?"

보이지 않았지만 진원명은 머릿속에 그릴 수 있었다. 참 바보 같은 일이다.

이처럼 쉽게 떠올리고 그릴 수 있는데 정작 실제로 보고 있으면서도 알지 못했다니…….

"사람이 있다!"

한 사내가 낮은 목소리로 말하는 것이 들려왔다.

수풀 속의 육 인이 순식간에 각자 무기를 빼 들고 튀어나왔다.

진원명은 그중 방금 전 사내들을 안내한 하녀에게로 시선을 주었다. 그녀의 얼굴 윤곽은 거친 변장에 가려져 알아볼 수 없었지만 단호하면서 깊은 그녀의 눈만은 여전히 그대로였다.

달려드는 사내들의 모습을 신경 쓰지 않은 채 진원명은 뚫어지게 그녀의 모습만을 바라보았다.

그녀가 바로 아민이었다.

척애(隻愛) 3

소집지에는 수많은 사람들이 자리 잡고 있었다. 이번 추격을 앞에 둔 사람들의 들뜬 기분이 느껴졌다. 앞에서는 청명이 조별로 돌아다니며 인원을 검사하고 있었고, 그 곁에서는 청진이 호각을 부르며 아직 도착하지 않은 자들에게 위치를 알리고 있었다.

삐이이― 삐이이―

단목영은 불편함을 느끼고 있었다. 이유를 알 수 없는 불편함. 아니, 정확히는 불쾌함이라 부르는 것이 옳을지도 모른다.

주변을 둘러보았다.

곁에서는 설공현과 나머지 조원들이 모여서 차례를 기다리고 있었고 다른 조들도 삼삼오오 모여 그늘의 차례를 기다리고 있었다. 단목영이 느끼는 그 불쾌함은 계속 커져만 갔다.

삐이이— 삐이—

청진이 부는 호각이 멈췄다.

인원 조사가 끝난 모양이었다.

왜 갑자기 그런 생각이 든 것인지는 알 수 없었지만 그 순간 단목영은 자신이 장원으로 돌아가야 한다고 생각했다.

"장원으로… 돌아가야겠어요."

설공현이 당황한 표정을 지으며 뭐라 말했다. 단목영은 신경 쓰지 않았다.

단목영은 허락을 구하는 것이 아니었다. 단목영의 말은 단순히 자신이 그렇게 하겠다는 선고였다.

단목영은 몸을 돌려 장원을 향해 뛰기 시작했다.

주변 사람들이 의아하게 쳐다보았지만 단목영은 알지 못했다. 단목영의 머릿속은 단지 장원으로 돌아가야 한다는 생각만으로 가득 차 있었다.

"헉, 헉, 헉!"

가쁜 호흡이 터져 나왔다. 한참을 달려왔다. 단목영은 장원 앞에 서서야 자신의 심장이 터질 듯 뛰고 있다는 사실을 자각했다.

단목영은 고통스러운 가슴을 누르며 장원으로 들어섰다.

비어 있었다.

단목영은 의아함을 느끼고 둘러보았다. 주변에 드문드문 장원 안을 오가는 사람들이 보이고 있었다. 하지만 방금 전 단목영은 왠지 그곳이 텅 비어 있는 듯한 느낌을 받았다.

왜 자신이 이곳으로 돌아왔는지 단목영은 그제야 알 수 있었다. 자신이 느꼈던 불편함의 이유 또한 알 수 있었다.

바로 진원명이다.

모든 사람이 모였던 소집지에서 진원명이 보이지 않았던 것, 그것이 이유였다.

그리고 아까 전 멀리서 돌아보는 자신에게 보였던 진원명의 마지막 표정. 바로 그것이 또 다른 이유였다.

단목영은 다시 걸음을 재촉했다. 목적지는 바로 진원명이 묵었던 처소였다.

덜컹!

방문을 열고 들어가는 순간 단목영은 알 수 있었다.

진원명은 떠났다.

"하."

단목영이 고개를 저었다. 갑자기 현기증이 몰려와 벽에 기대려 할 때 누군가의 손이 단목영의 어깨를 잡아주었다.

아직 떠나지 않은 것인가? 단목영은 기대감이 깃든 표정으로 뒤를 돌아보았다.

"설 방주님?"

기대는 곧바로 실망으로 바뀌었다. 그곳에는 언제 따라온 것인지 설공현이 서 있었다.

"숨을 좀 고르시오. 이곳까지 그처럼 급하게 달려왔지 않소?"

설공현은 걱정스러운 표정으로 단목영을 바라보고 있었다.

단목영은 설공현의 말대로 의자에 앉아 잠시 숨을 골랐다.

"이곳은, 연구민 그자의 방이구려."

설공현의 말이 들려왔다.

"그자는 아무래도 떠난 모양이오."

설공현도 깔끔하게 치워진 방을 보고 금방 그 사실을 알게 된 모양이다. 설공현이 단목영을 내려다보며 고개를 저었다.

"잘된 일이오."

순간 단목영은 알 수 없는 분노를 느끼며 설공현을 노려보았다.

"그자는 너무 위험하오. 가까이 지낸다면 해가 될 것이오."

"그게 무슨 말이죠?"

단목영의 목소리에 날이 서 있다. 설공현이 고개를 저으며 단목영에게 말했다.

"그자는 아마 해서파의 사람이 아닐 것이오. 그런 무공을 가지고, 흉수들을 도와준 인물이 해서파의 사람일 리가 없지요."

"무공이라니요? 그리고 누가 흉수를……."

단목영이 눈살을 찌푸리며 말하고 있을 때 설공현이 표정을 굳히며 손을 들었다.

"누군가 밖에 있소."

단목영이 놀란 표정으로 뭔가 물으려 했다. 하지만 설공현이 그보다 빠르게 몸을 날려 방 밖으로 뛰쳐나갔다.

"웬 놈이냐?"

"으헉! 왜 당신이 여기에?"

단목영이 뒤늦게 설공현을 따라 나왔다.

그곳에는 칼을 꺼내 겨누고 있는 설공현과 그 앞에 주저앉은 채 겁먹은 표정으로 설공현을 올려보고 있는 한 사내의 모습이 있었다.

"…당신은?"

사내의 모습은 기억에 있었다. 바로 진원명과 같은 조원이었던 자다.

"장영길… 이라 했었나요?"

"아, 소저. 절 알아보시는군요. 정말 다행입니다."

장영길이 희색을 띠며 단목영을 바라보았다.

"이자를 아시오?"

"악벌단원이에요. 진… 연 공자와 같은 조원이라 기억하고 있어요."

설공현이 칼을 거두었다.

"미안하게 되었소. 난… 그 복색이 아무리 봐도 그… 좀도 둑처럼 보여서 말이오."

아닌 게 아니라 장영길의 모습이 그랬다. 웬 큰 보따리 하나를 어깨에 짊어지고 있는 데다, 그 사이로 튀어나온 물건들은 아무리 봐도…

"그런데 그거… 장원의 집기들 아닌가요?"

장영길이 뜨끔한 표정을 지었다. 이쯤 되면 상황이 명확해진 듯 보였다.

아마 장영길은 악벌단원들이 자리를 비운 틈에 물건을 훔쳐 이곳을 뜰 생각이었으리라.

"참 기가 막히는구려. 이처럼 모두가 홍수를 쫓는 틈을 타 도둑질을 하다니……."

단목영이 어처구니없다는 듯 눈살을 찌푸렸고 설공현은 혀를 차며 말했다.

"훔쳐 낸 물건 당장 제자리에 가져다 두시오."

장영길은 잠시 뭐라 변명하려 했지만 설공현이 눈살을 찌푸리자 황급히 봇짐을 지고 처소로 되돌아갔다.

장영길이 훔쳐 낸 물건을 되돌려놓기 위해 떠나고 난 뒤 단목영은 설공현을 바라보며 무어라 말하려 하다가 이내 한숨을 쉬며 입을 다물었다.

단목영과 설공현은 서로 아무 말도 하지 않은 채 그곳에 우두커니 서 있었다.

한참 뒤에야 단목영이 그 침묵을 깼다.

"당신이 연 공자를 어떻게 생각하건 이젠 상관없겠죠. 그는 이미 떠나 버렸으니."

단목영의 목소리에는 힘이 느껴지지 않았다.

설공현은 잠시 안타까움이 물든 시선으로 단목영을 바라보았지만 이내 고개를 돌리며 말했다.

"내가 한 말이 쓸데없는 말이었나 보오. 미안하오."

"혹시 연 공자라면 연구민을 찾는 것이오?"

끼어든 목소리는 장영길의 것이었다.

설공현이 돌아보자 장영길이 움찔하며 위축된 목소리로 말했다.

"그… 물건은 다 두고 나왔습니다."

설공현이 날카로운 음성으로 물었다.

"확실히 모두 제자리에 두고 나온 것이오?"

"예, 물론입지요. 모두 원래대로 제 위치에 가져다 놓았습니다요. 그보다… 혹시 연구민 그자를 찾는다면 제가 조금 도움이 될지도…….'"

장영길이 두 사람의 눈치를 살피며 그렇게 말하자 단목영이 황급히 끼어들었다.

"당신 혹시 방금 전 연 공자를 만났나요?"

"아, 네. 그렇습니다만……."

대답이 나오기 무섭게 단목영이 다시 물었다.

"그가 어디로 가던가요?"

"그, 그러니까 그게……."

장영길이 말을 얼버무리며 시선을 단목영의 뒤로 향했다.

단목영이 돌아보자 잔뜩 화가 난 표정으로 장영길을 노려보는 설공현이 보였다.

설공현은 단목영이 자신을 바라보는 것을 깨닫고 가볍게 이를 갈더니 몸을 돌려 버렸다.

단목영이 눈살을 찌푸리다가 다시 장영길을 재촉했다.

"하려던 말 계속하세요."

"아, 네. 그… 연구민은 저쪽……."

그렇게 말하며 장영길은 장원 서쪽을 가리켰다.

"저쪽으로 갔습니다."

"하, 그걸 말이라고 하나? 저쪽으로 간 뒤에 어디로 갔는지가 중요한 것이지."

설공현이 비웃는다. 설공현은 왠지 신경이 조금 예민해져 있는 듯 보였다.

"그 밖에 아는 것은 없나요?"

단목영이 간절한 표정으로 다시 물었다. 설공현이 말했다.

"관두시오. 시간 낭비요. 그런 형편없는 녀석에게 무엇을 더 기대하겠소?"

장영길이 설공현을 슬쩍 올려다보았다. 설공현의 말에 조금 심통이 난 표정이다.

　"…조금 아는 것이 있긴 하지요."

　그러자 설공현의 시선에 살기가 실렸다.

　장영길은 곧바로 후회했다. 그냥 입 다물고 있을 것을…….

　"아는 것이 있어요? 그게 무엇이죠?"

　"아, 그, 그게……."

　장영길은 설공현을 곁눈질하며 망설였지만 단목영의 계속된 재촉에 결국 입을 열었다.

　"…연구민 그자는 어쩌면 장원 안에 있을지도 모릅니다."

　"장원 안에요?"

　단목영이 의아한 표정을 짓는다. 장영길이 어디서부터 설명해야 할지 고민하는 표정을 짓는다.

　"에, 그러니까……."

　장영길은 눈앞의 두 사람을 차례로 바라보더니 말했다.

　"그자는 아무래도 나보다 배포가 큰 듯 보였습니다."

　"무슨 말이죠?"

　"그러니까 나처럼 이렇게 악벌단 안에서 자잘한 좀도둑질만 하고 가려는 생각이 아닌 것처럼 보였단 말이지요."

　장영길이 잠시 눈치를 살피자 단목영이 눈빛으로 재촉했다.

"그자는 아예 장원 안을 제대로 털어보려고 오래전부터 준비하는 듯 보였습니다. 우리들이 내충 놀고 있을 때도 장원 이곳저곳을 돌아다니면서… 특히 장원 내부를 유심히 살피는 모습을 보였죠. 아마 그자는 지금 장원 안을 털고 있을 겁니다."

장영길이 참 대단하지 않습니까? 라고 묻는 듯한 표정으로 단목영을 바라보았다.

왠지 그건 아니라는 생각이 들었지만 단목영은 계속 질문했다.

"그래서… 마땅히 연 공자를 찾을 방법이 있나요?"

장영길의 말대로 장원에 있다손 쳐도 이 넓은 장원에서 진원명을 찾기란 쉬운 일이 아니다.

장영길이 당연하다는 듯 대답했다.

"그냥 도둑이 들었다고 고함 한 번 질러주면 잡힐 겁니다. 그자가 제법 철저하게 준비한 듯했지만 그렇게 되면 누구라도 별수있겠습니까?"

당연히 이런 방법은 단목영이 원하는 것이 아니었다. 단목영이 고개를 저으며 말했다.

"난 되도록 조용히 그를 찾고 싶습니다."

장영길이 잠시 고민하다가 말했다.

"그러고 보니 연구민 그자가 최근 며칠간 장원 서쪽을 유심히 살피는 것을 느꼈습니다. 아마 그곳을 퇴각로로 생각해 둔 모양인데, 그곳에서 기다리면 어떻게든 그자를 만날 수 있지 않을까 생각되는군요."

이번에는 단목영이 원하던 대답이었다. 단목영이 희색을 띠며 말했다.

"정말 고마워요. 큰 도움이 되었습니다."

"헛소리요. 그자에게 시선을 돌리고 자신은 도망가려는 수작이지."

설공현이 장영길을 노려보며 말했다.

"아, 아니오. 내 말은 정말이오!"

장영길이 황급히 팔을 내저으며 그렇게 말했다.

"그래요. 그럼 장 협사님도 함께 가도록 해요. 정확히 어딘지 알려면 그렇게 하는 게 좋을 거예요."

단목영의 말에 장영길이 울상을 짓다가 설공현의 험상궂은 표정을 바라보고는 이내 고개를 끄덕였다.

"그렇게 하죠."

장영길이 앞장서자 단목영이 재빠르게 그 뒤를 따랐다. 그때 단목영의 뒤에서 설공현의 목소리가 들려왔다.

"꼭… 그자를 꼭 찾아야만 하겠소? 반드시… 그래야 하는 이유가 있는 것이오?"

단목영이 돌아보니 일그러진 표정으로 자신을 바라보는 설공현의 모습이 보였다.

단목영은 알 수 없는 분노가 다시금 치미는 것을 느꼈다.

도대체 오늘따라 왜 설공현은 자신의 일에 이처럼 참견인 것인가?

"그것을 제가 반드시 설 방주님께 말해줘야 하는 것은 아니지 않나요?"

단목영은 냉랭한 어조로 그렇게 말하고는 다시 장영길의 뒤를 따라갔다.

설공현은 잠시 허탈한 표정으로 떠나가는 두 사람을 바라보았지만 이내 입술을 깨물고는 두 사람의 뒤를 따르기 시작했다.

장영길은 저택 서쪽에 이르자 걸음을 멈추었다.

"바로 이곳입니다. 연구민 그자가 자주 이곳을 돌아다니는 것을 보고 깨달은 겁니다만, 보시다시피 숨기도 좋고 사람도 적어서 도망치기에는 최적의 장소죠. 사실 저도 역시 이곳을 이용해 빠져나갈 생각이었습니다."

"혹시 그가 벌써 이곳을 떠나버린 것은 아닐까요?"

단목영이 질문했다.

"뭐, 그자가 떠난 지 제법 시간이 흘렀으니 재수없다면 그럴 수도 있……"

"조용히 해봐요."

단목영이 황급히 장영길의 입을 틀어막으며 말했다.

도대체 무슨 일입니까?

장영길이 입이 막힌 채 눈빛으로 의문을 표시했다. 그리고 그때, 정원 한가운데를 한 사람의 인영이 스쳐 지나갔다.

낮게 몸을 숙이고 아무 소리 없이 이동한 것이라 신경을 쓰지 않았다면 아마 누가 지나간 줄도 몰랐을 그런 움직임이었다.

귀신같은 자로군요.

장영길이 역시 눈빛만으로 의견을 말했다. 하지만 단목영은 장영길에게 신경조차 쓰고 있지 않았다.

장영길은 의아함을 느꼈다.

단목영의 얼굴에서 기뻐하는 기색이 엿보였기 때문이다.

단목영이 중얼거렸다.

"당신의 말대로예요. 그는 정말 이곳에 있었군요."

단목영은 장영길과 달리 그 인영의 모습을 놓치지 않고 똑똑히 살폈다.

단목영의 시야를 스쳐 간 그림자, 그자는 분명 진원명이었다.

척애(隻愛) 4

"에… 그런데 저자 뭘 하는 건지 모르겠군요."

진원명이 재빠르게 풀숲으로 숨는 것을 보며 장영길이 중얼거렸다.

"고개를 숙이시오."

설공현이 몸을 낮게 숙이며 장영길을 끌어당겼다. 진원명이 숨은 채 주위를 살피는 모습이 보였기 때문이다.

"그런데 굳이 숨어야 합니까?"

설공현이 끌어당기는 대로 땅바닥에 대 자로 드러누워 버린 장영길이 물었다.

"뒤쪽에 사람이 오고 있소."

설공현의 말에 나머지 두 사람이 그제야 뒤편에서 걸어오는 하인 복장의 여섯 명을 발견했다.

잠시 후 숨은 그들을 지나쳐 간 하인들 뒤를 진원명이 쫓아가기 시작했다.

"저희도 쫓아가요."

단목영이 그렇게 말하고 진원명을 쫓아갔다. 나머지 두 사람도 단목영의 뒤를 따랐다.

기묘한 추격이었다.

맨 앞의 여섯 명은 진원명이 쫓아온다는 것을 몰랐고 진원명은 자신을 쫓는 세 사람이 있다는 것을 몰랐다.

"이거 생각보다 재미있군요."

장영길이 속 편한 소리를 했다. 설공현이 장영길을 슬쩍 노려보다가 한숨을 내쉬었다.

이자 때문에 전 소저가 결국 연구민과 마주쳐 버렸다. 이렇게 된 이상 자신에게는 이제 전 소저를 막을 수단이 없었다.

설공현은 앞서 가는 단목영을 바라보았다.

아까 전과는 달리 생기에 넘치는 얼굴이다. 도대체… 하필이면…

"왜 저자, 연구민인 것이오."

설공현은 탄식하듯 낮게 중얼거렸다.

잠시 후 앞서 가던 단목영이 멈춰 서더니 눈살을 찌푸리고 고민했다.

"여기서는 보이지가 않는군요."

앞서 가던 여섯 명과 진원명이 모두 덤불 속으로 들어가 버려 밖에서는 모습이 잘 보이지 않았던 것이다.

"조금만 접근해 보죠."

단목영이 그렇게 말하고 조심스럽게 덤불 근처로 다가갔다.

부스럭, 부스럭.

낙엽과 나뭇가지는 밟으면 소리와 흔적이 쉽게 남는다.

지금 단목영이 다가가는 이런 지형이라면 가까이 다가갔을 때 들킬 가능성이 높아진다는 이야기였다.

장영길이 걱정스러운 목소리로 중얼거렸다.

"너무 가까이 가는 것 아닐까요. 이러다 들키기라도 하면, 저들 수가 많으니 도망가기도 힘들 텐데……."

어느 정도 덤불에 다가선 단목영이 잠시 걸음을 멈췄다.

숲 속으로 한 사람의 그림자가 비쳐 보였기 때문이다. 장영길이 의아하다는 듯 말했다.

"엉? 연구민 저자… 왜 저기 저렇게 멀뚱히 서 있는 것이지?"

말하기 무섭게 숲 속에서 무기를 든 사내들이 튀어나왔다.

단목영이 상황을 파악했다.

"들킨 거예요. 도와야 해요!"

단목영이 앞으로 나서려 할 때 설공현이 그녀의 팔을 잡았다.

"뭐 하는 거죠?"

"그는… 당신이 도와줄 필요가 없는 자요."

단목영이 기가 막힌 표정으로 손을 뿌리치려 했다. 하지만 설공현은 놓아주지 않았다.

"이거 놔요!"

한동안 설공현과 실랑이를 하던 단목영이 다시 고개를 돌려 진원명을 바라보았다. 진원명은 그사이에 적들에게 제압당한 상태였다.

"당장 이 손 놓아요!"

"당신이 저자를 좋아하는 것 알고 있소. 당신이 누굴 좋아하건 상관 않겠소. 하지만 연구민만큼은 절대 안 되오. 그자는 당신에게 해를 끼칠 것이오."

"무슨 헛소릴 하는 거예요!"

"저자는 얼마 전 숲 속 저택에서 적들을 도왔던 그 복면을 한 절정고수란 말이오!"

촤악!

설공현은 왼손에 화끈한 통증을 느끼고 뒤로 물러섰다.

단목영의 왼손에 검이 들려 있었다. 단목영은 그 검으로 설공현의 팔을 베어버린 것이다.

설공현이 믿을 수 없다는 표정으로 단목영을 바라보았다.

단목영 또한 당혹스러운 표정으로 설공현을 바라보았다.

"그러게… 왜?"

단목영은 그렇게 중얼기리다가 이내 입술을 질근 깨물더니 몸을 돌려 진원명에게로 달려갔다.

*   *   *

수풀 속에서 튀어나온 자들의 몸놀림은 모두 상당한 수준이었다. 아마 고수들만을 추려 소수 정예로 침입한 것이리라.

"누구냐!"

낮은 물음보다 빨리 가까운 두 자루의 검이 진원명을 향해 쏘아져 왔다.

"진원명이오."

진원명은 그렇게 대답했을 뿐 움직이지 않았다.

후욱!

두 자루의 검은 아슬아슬하게 진원명의 몸 앞에서 멈췄다.

애초에 그러려 했다는 듯 진원명의 움직임만을 봉쇄하는 위치다.

진원명은 자신의 몸 앞에 들이밀어진 검에는 신경도 쓰지 않고 그저 눈앞의 아민을 바라보고 있었다.

자신은 오늘 이 일이 시작된 이후 무민을 구할 생각만을 가지고 있었다. 아민을 만난다는 생각은 잠시 잊고 무민을 구하는 것에 집중하려고 생각했다.

그래서 아민이 무민을 구하러 올지도 모른다는 사실을 잠시 잊고 있었다.

"오래간… 만이구나."

그래서였을까? 진원명의 목소리에는 조금 맥이 빠져 있었다.

생각해 보면 우스운 일이었다. 그녀가 이곳에 잠입해 있었다면 자신은 이처럼 가까운 곳에 있는 그녀를 멀리서 찾고 있었다는 말이 아닌가?

"잘 지냈느냐, 아민?"

진원명은 가볍게 미소 지어 보이며 아민에게 인사했다.

아민의 표정은 놀란 것처럼 보였다. 아마 이런 곳에서 진원명을 만날 것을 예상 못했을 것이다.

"어떻게 이곳에……."

아민이 알 수 없다는 듯 중얼거릴 때 진원명의 옆에서 한 사내의 목소리가 들려왔다.

"당신이 진원명이군. 소문은 많이 들었소. 한데 당신은 악벌단과 함께 움직이는 것이 아니었소. 혹시 악벌단이 장원에 따로 사람을 남긴 거요?"

진원명이 고개를 돌리니 자신을 바라보고 있는 호리호리한 체형의 사내가 보였다.

목소리에 날이 서 있다고 해야 할까? 진원명에 대한 경계심이 사내의 목소리에 묻어 있었다.

"다른 악벌단원들은 당신들의 동료들을 따라갔소. 난 혼자 따로 빠져서 이곳에 왔지요."

진원명은 그렇게 대답했다. 진원명의 좌측에서 진원명에게 칼을 겨누는 자가 말했다.

"한 교주가 우리 뒷조사를 제법 한 모양이군. 우리의 작전을 이렇게 꿰뚫어 본 걸 보면 말이오. 뭐, 나름대로 호의에서 한 일인지 모르지만 난 당신네들 도움이 썩 달갑지 않구려."

이자 역시 방금 전 사내와 마찬가지였다.

저들이 자신이 악벌단에서 활동하고 있었다는 사실을 알고 있다면 아마 얼마 전 자신이 박철우를 구한 사실도 알고 있을 것이다. 그럼에도 저들은 자신에 대한 적개심을 다 숨기지 못하고 있었다.

폐쇄적인 자들이다. 진원명은 다시금 느꼈다. 외부인의 도움을 바라지 않고 그들 자신의 힘으로 해결하려 드는 고집스러움.

역시 이자들 앞에 나서는 것은 썩 좋은 선택은 아니었다.

아민만 아니었다면 말이다.

"너무들 예민하신 듯하구려. 진 형은 얼마 전 박철우를 구했소. 모두 알고 계시지 않소. 그러니 그렇게 경계할 필요는 없을 듯하오."

처음으로 진원명에게 호의적인 목소리가 들려왔다. 이번에 말한 자는 진원명도 익히 아는 이등이었다. 이등이 진원명을 바라보며 말했다.

"진 형, 나와는 벌써 구면이지요?"

진원명이 고개를 살짝 끄덕인다. 이등이 씩 웃어 보였다.

"그러니 최 형, 박 형, 이만 그 칼은 내려놓읍시다. 다 같은 편인데 굳이 이럴 필요가……."

"모두들 칼을 거두어라!"

이등의 말을 끊고 한 여인의 외침이 울려 퍼졌다. 그 자리에 있는 모두가 놀라 뒤를 돌아보았다.

두 여인이 보였다. 아민과 아민에게 칼을 겨누고 있는 한 여인, 바로 단목영이다.

진원명은 방금 전 아민이 느꼈을 것과 비슷한 당혹감을 느꼈다.

도대체 왜 지금 단목영이 이곳에 와 있는 것인가?

단목영의 외침이 다시 울려 퍼졌다.

"이 여인을 구하고 싶다면 모두 칼을 버려라!"

척애(隻愛) 5

아민은 담담한 표정으로 단목영을 바라보았다. 사내들 또한 별달리 놀란 기색 없이 단목영과 아민을 번갈아 바라보았다.

단목영은 모르고 있었다. 이들이 자신들의 목적을 위해서라면 타인이나 동료, 심지어는 자기 자신의 목숨마저 중요시하지 않을 자들이라는 것을.

그리고 무엇보다 지금 단목영의 눈앞에 있는 그 가녀린 여인이 지금 이 자리에서 진원명을 제외한 가장 강한 무공을 지니고 있다는 것을.

"전 소저, 왜 지금 이곳에 있는 것이오?"

진원명의 질문에 단목영이 난처한 표정을 지었다.

"지, 지금 그게 중요한가요?"

"상황이 우습게 되었군. 이자, 자기 입으로 혼자 왔다고 하지 않았었나?"

진원명에게 칼을 겨눈 자들 중 하나의 목소리였다. 잠시 뭔가 생각하던 이등이 입을 열었다.

"아무래도 진 형은 진 형 자신도 모르는 새에 뒤를 밟힌 모양이구려."

진원명이 난처한 표정을 지었다. 단목영이 뒤따랐는데도 몰랐다는 것은 변명할 여지 없는 자신의 실책이다.

"몰랐다고 다 용서되는 것은 아니지. 게다가 이 여자 혼자 쫓아온 것인지도 알 수 없고."

사내들은 다들 못마땅한 표정을 짓고 있었다. 아민이 단목영을 지그시 바라보다가 이내 가볍게 한숨을 내쉬었다.

"아마 그녀 혼자 왔을 거예요. 그녀는 진 공자와… 친한 사이였으니까요. 아마 진 공자가 걱정되거나 해서 따라왔을 거예요."

진원명이 의아한 표정으로 아민을 바라보았다. 아민이 자신과 단목영 사이의 친분을 알았던 것인가?

"음, 민아가 그렇게 말한다면……."

호리호리한 사내가 그렇게 말하고는 고개를 내밀어 덤불 밖을 슥 둘러보았다.

진원명의 오른쪽에서 칼을 겨눈 사내가 물었다.

"그럼 저 여인은 어떻게 처리해야 할까?"

"이번 일에 방해가 되지 않도록 해야겠지."

"가장 깔끔한 방법은 죽이는 것일세. 나중에 말이 새나가지 않게 말이지."

단목영은 자신을 신경도 쓰지 않는 듯 보이는 사내들의 모습에 당황하다가 이내 표정을 굳히고는 칼을 찔렀다.

인질을 다치게 해서라도 조금 더 위협을 가할 작정이었다.

훅.

하지만 단목영은 생각지도 못한 결과에 당황했다. 아민은 단목영의 찌르기에 맞추어 딱 그만큼 몸을 뒤로 뺐다가 되돌렸다.

아민은 아무 일도 없었다는 듯 조용한 표정으로 단목영을 바라보고 있었다.

단목영은 다시 한 번 검을 찔렀다. 하지만 역시 방금 전처럼 아민은 가볍게 단목영의 공격을 피했다.

"뭐, 뭐야, 당신?"

"전 소저, 그만 하시오. 그녀의 무공은 대단하다오."

당황하던 단목영은 진원명의 말을 듣고 오히려 다시 칼을 뺐었다. 세 번째의 찌르기는 온 힘을 다한 것이었다.

후욱!

하지만 아민은 단목영의 찌르기에 맞춰 빙글 회전하며 단목영의 공격을 옆으로 흘려버렸다. 적의 공격이 변화할 여지를 주지 않는 절묘한 회피다.

"으윽!"

"아민, 사정을 봐줘!"

단목영이 황급히 흐트러진 중심을 바로잡으며 몸을 돌렸다. 단목영의 자세에서 빈틈이 드러났지만 아민은 공격하지 않았다. 단지 묘한 시선으로 진원명을 슬쩍 돌아보았을 뿐이다.

단목영은 아민이 자신과 비교도 되지 않을 고수라는 것을 깨닫고 입술을 깨물었다.

"진 공자는 우릴 도우러 왔다 하였지요. 그럼 그 증거를 보이시오."

마른 사내의 목소리가 들려왔다.

뭘 어떻게 말인가? 진원명이 의문을 가졌을 때 사내의 말이 이어졌다.

"저 여인을 처리하시오. 진 공자가 끌어들인 여인이니 진 공자가 맡아 처리하는 것이 합당한 방법일 것이오."

진원명은 난감한 표정으로 주변에 늘어선 사내들을 둘러보았다.

"황 형의 말이 일리가 있소. 이대로 저 여인을 보내줄 수는 없다오."

이등이 동의하고 나섰다. 진원명은 자신의 선택에 따라 이들이 자신을 적대시할지도 모른다는 사실을 깨달았다.

"도대체 저자들의 말은 무슨 의미죠?"

단목영의 목소리가 들려왔다. 고개를 돌리니 믿을 수 없다는 표정으로 자신을 바라보고 있는 단목영의 모습이 보였다.

단목영은 지금의 대화를 통해 상황이 이상하다는 것을 깨닫기 시작한 듯했다.

"설마, 당신. 저들과 한패였던 것인가요?"

진원명은 대답하지 않았다. 대신 안타까운 표정으로 단목영을 바라보았을 뿐이다.

마치 이 장소에서 혼자가 된 느낌으로 단목영은 뒤로 몇 걸음 물러섰다. 단목영의 머릿속에 방금 전 설공현이 했던 말이 떠올랐다.

"당신이… 며칠 전 저택에 나타났던… 그 복면고수였던 것인가요?"

진원명은 머뭇거리다가 대답했다.

"미안하오. 일부러 말하지 않은 것은 아니오."

단목영은 진원명의 대답을 듣는 순간 자신의 머릿속이 순간 텅 비는 듯한 느낌을 받았다.

"난 왜… 그랬던 것이지?"

자신은 왜 이 자리에 있는 것이지? 자신은 왜 진원명을 만나려 했던 것이지? 자신은 왜 진원명을 구하려 했던 것이지?

"진 형이 어렵다면 그냥 제가 하지요."

이등이 진원명의 기색을 살피더니 대신 나섰다. 진원명이 잠시 고민하더니 고개를 저었다.

"…아니, 내가 하겠소."

이처럼… 진원명에 의해 배반당하기 위해?

기가 막히니 오히려 웃음이 나오려 했다. 그보다도 자신을 바라보는 진원명의 안타까운 시선과 그 시선의 의미가 오히려 단목영의 가슴에 아프게 새겨졌다.

진원명에게 있어 자신은 단순히 동정의 대상일 뿐이었다. 이제껏 그가 자신을 위했고 친절했던 것은 그런 이유에 의한 것일 뿐이었다.

자신이 바랐던 것은, 기대했던 것은 그런 동정이 아니었다.

"나는 왜 당신을……."

좋아하게 되었던 것일까? 단목영은 그제야 자신의 마음을 인정하게 되었다. 자신은 진원명을 좋아했던 것이다. 지금까지 이해하기 어렵다 여겼던 자신의 행동들은, 알고 보면 너무나도 단순하게 이해할 수 있는 것들이었다.

진원명을 겨눴던 사내들의 검들이 치워지고 진원명이 자신에게 다가오기 시작했다.

다시금 설공현이 떠올랐다. 돌이켜 보면 설공현의 말은 모두 옳았다. 자신이 진원명을 좋아한다는 것도, 그래선 안 된다는 것도…….

죄책감이 들었다. 그에게 칼을 휘둘러 다치게까지 했다.

설공현은 아마 크게 화가 났겠지?

문득 설공현이 보고 싶어졌디. 그에게 사과하고 싶어졌다. 하지만 그럴 수 없을 것이다.

아마 이것은 자신의 행동에 대한 죗값인지도 모른다.

"멈추시오!"

단목영은 새롭게 터져 나온 목소리에 당황하며 고개를 돌렸다. 자신의 곁을 스쳐 지난 한 사내가 자신의 앞을 가로막고 섰다.

단목영은 그 사내의 등을 바라보며 기쁨도 슬픔도 아닌 알수 없는 감정을 느꼈다.

사내는 바로 설공현이었다.

척애(隻愛) 6

장내의 공기가 무겁게 가라앉았다.

진원명은 새롭게 나타난 설공현을 바라보며 난처한 기분
을 느꼈다.

"…혼자 내 뒤를 따른 게 아닌 것이오?"

일이 어렵게 되었다.

단목영 한 명이라면 몰라도 설공현까지 함께라면 이들이
눈감아줄 리가 없었다.

게다가 설공현이 나타났다는 것은 설공현 외에 다른 사람
이 더 나타날 수 있다는 말도 되지 않는가?

사내들도 그런 사실을 떠올렸던 모양이었다.

"저쪽 바위 뒤에 더 사람이 있을 수 있소. 이 형과 조 형이 살펴봐 주시오."

황 형이라 불렸던 마른 사내가 말했다. 이등과 한 사내가 재빠르게 몸을 날려 바위 뒤로 돌아가더니 이내 그곳에 숨어 있던 장영길을 끌고 왔다.

진원명은 기가 막힌 표정을 지었다.

도대체 저자는 왜 이곳에 있는 것인가?

"주렁주렁 달고 오셨구려."

마른 사내가 진원명을 바라보며 말했다.

진원명은 오늘의 일이 크게 틀어져 버렸음을 느꼈다.

자신은 어떻게 해서든 단목영을 보호해 살려 보낼 생각이었다.

이것이 자신의 원래 목적에서 벗어나는 일이라 해도, 그로 인해 아민에게 원망을 받게 된다 해도 말이다.

단목영은 자신을 구하기 위해 뛰어들었다. 진원명은 이런 상황에서 단목영을 외면할 자신이 없었다.

"근데 왜 이렇게 일이 계속 꼬이는 거지."

진원명이 난처한 표정으로 중얼거렸다.

저들은 냉정한 자들이었다. 그 말은 자신이 구하려 하는 자가 단목영 하나라면 그들이 비록 자신에게 분노하겠지만 자신과 단목영을 무시하고 원래 계획을 실행할 가능성이 높다는 이야기다.

하지만 자신이 구하려 하는 자가 이처럼 셋이라면 그렇게 하지 못할 것이다. 저들은 이미 자신에 대한 호감을 접은 듯 보였다. 자신이 단목영과 나머지 둘을 도우려 한다면 저들은 전력으로 자신을 공격해 올 것이다.

그렇게 된다면 오늘의 계획은 자신 때문에 완전히 어긋나게 될 것이다.

진원명은 눈살을 찌푸리며 주변을 살폈다.

나는 어떻게 해야 하는 것일까?

*　　　*　　　*

"도망가시오."

단목영은 설공현의 팔을 살피느라 설공현이 한 말을 약간 늦게 파악했다. 다행히 설공현이 입은 상처는 그다지 커 보이지 않았다.

"…그게 무슨 소리죠?"

"내가 막고 있겠소. 잠시의 시간은 벌 수 있을 거요."

"말도 안 되는 소리 마세요! 왜 당신이……."

단목영의 언성이 높아졌다. 설공현 또한 언성을 높이며 단목영의 말을 끊었다.

"서둘러야 하오! 이처럼 싸울 시간이 없소."

돌아보는 설공현의 표정은 진실했다. 단목영은 그 표정을 바라보며 침착을 되찾았다. 그리고 낮은 음성으로 말했다.

"지금 이 상황은 제 책임이고 저 혼자 감당하면 될 결과였어요. 설 방주님은… 이처럼 제게 관여하지 말았어야 했어요."

설공현은 답답하다는 표정으로 단목영을 바라보았다.

그들이 머뭇거리는 사이 이미 사내들은 장영길을 제압하고 자신들을 포위하고 있었다.

황 형이라 불린 마른 사내는 이들의 대장 격인 인물인 듯했다.

이자의 지시에 따라 일행은 장영길을 억류하고 단목영과 설공현을 포위했다.

사내들의 살기는 날카롭고 잘 갈무리된 것이었다.

그 살기를 통해 진원명은 눈앞의 사내들 모두가 상당한 고수라는 사실을 알 수 있었다. 그리고 그들이 눈앞의 상대를 살해하는 것에 아무런 망설임도 없을 것이라는 사실도 알 수 있었다.

"최대한 소란없이 끝내도록 하지요. 이자들은 그냥 우리들이 처리하겠소. 진 공자는 쉬고 계시오."

황씨 사내는 그렇게 말했다. 진원명의 관여를 원치 않는 모양새다.

하지만 진원명은 지금의 상황을 바라보며 왠지 모를 불쾌한 감정이 치밀어 오르는 것을 느꼈다.

그 불쾌감이 진원명의 고민을 끝나게 했다. 사실 이미 대답은 나와 있었던 것인지도 모른다.

진원명은 황씨 사내의 앞을 막아서며 물었다.

"저들을 해치려는 것이오?"

"신경 쓰지 마시오."

황씨 사내는 그렇게 말하고 지나치려 했지만 진원명이 다시 말했다.

"저들을 해치지 마시오."

"신경 쓰지 말라 하였소."

황씨 사내는 음울하게 가라앉은 눈으로 진원명을 바라보았다.

진원명은 이자가 마음에 들지 않았다. 이어지는 목소리가 방금 전보다 차가워진 것은 그런 이유였다.

"저들이 당장 손쓰지 못하도록 제압하는 것으로 충분할 것이오. 그러니 저들을 해치지 마시오."

황씨 사내는 피식 웃더니 진원명의 말에 대꾸도 하지 않고 진원명의 곁을 지나쳐 갔다.

"저들을 해치려 한다면 내가 그냥 두고 보지 않겠소."

진원명의 목소리에 실린 미세한 살기가 기분을 건드렸을 것이다. 황씨 사내는 다시 걸음을 멈추고 뒤를 돌아보았다.

"두고 보지 않는다면 어쩌겠다는 것이오?"

진원명은 자신의 불쾌함의 이유를 알 수 있었다.

바로 과거였다.

지금 눈앞의 상황이 이제는 거의 잊고 있었던 자신의 과거를 떠올리게 했기 때문이다.

"누구건 내 눈앞에서 내가 아끼는 사람을 해치려 한다면 그 대가는 그자의 목숨으로 받겠소."

이들은 과거에 한 번 자신의 소중한 이들을 해친 적이 있었다.

비록 그 일은 이제 없었던 일이 되었고, 이들에 대한 분노와 원한도 무의미한 일이 되어버렸다.

하지만 지금 진원명의 눈앞에서 그들은 다시 과거와 같은 일을 되풀이하려 하고 있었다.

그것이 잊혀졌던 과거의 분노와 원한을 되살려냈다.

진원명은 짧은 순간이지만 과거의 불사귀로 돌아갔다. 그 순간 뿜어져 나온 진원명의 기세가 날카로운 칼날이 되어 황씨 사내를 한 걸음 뒷걸음질치게 했다.

황씨 사내는 처음에는 놀란 듯했지만 이내 자존심이 상한 듯 말했다.

"용기는 가상하구려. 어디 할 수 있다면 해보시오. 이 형, 박 형 저 둘을 제압하시오."

황씨 사내의 지시에 따라 이등과 또 한 사내가 설공현과 단목영에게 다가갔다.

진원명이 그들을 막기 위해 앞으로 나섰지만 황씨 사내가 진원명의 앞을 가로막으며 이죽거렸다.

"자, 이제 뭘 어쩌겠소?"

"내 경고했소."

진원명이 냉정한 표정으로 그렇게 말하고 검을 뽑았다.

쨍!

맑은 검명이 울려 퍼졌다.

진원명의 발도는 그대로 공격이었다. 빛살처럼 뻗어진 진원명의 움직임은 군더더기가 없이 깔끔해 순식간에 황씨 사내의 몸에 다다랐다.

황씨 사내는 놀라 검을 내밀었다.

"쾌검?"

째앵!

황씨 사내는 손이 진동하는 것을 느끼며 비켜섰다. 기습적인 공격인데도 실린 힘이 상당해서 다음 공격이 들어온다면 막을 수 있을지 확신하기 어려웠다.

하지만 진원명은 다행히 황씨 사내를 내버려 둔 채 앞으로 달려갔다.

"조 형, 최 형, 그자를 막으시오!"

황씨 사내의 외침에 싸움에 참여하지 않고 있던 두 청년이 나서 진원명의 좌우를 공격해 왔다.

부웅! 부웅!

"어리석은 자!"

아까 전 조 형이라 불렸던 사내가 외쳤다. 진원명은 자신의 목표에만 신경을 쓴 나머지 주변을 살피지 못한 듯 보였다. 지금 진원명은 마치 두 청년의 검에 뛰어드는 모양새였다.

하지만 그 순간 진원명의 자세가 급격하게 낮아졌다.

주루룩—

발이 미끄러지며 앞으로 나가던 기세가 수그러들었다. 진원명은 남은 여력으로 몸을 빙글 회전하며 검을 좌우로 다가오는 두 청년의 검을 향해 떨쳤다.

챙! 챙!

"뭐지!"

"이런!"

두 청년은 자신들이 서로에게 검을 들이대려 한다는 사실을 깨닫고 황급히 움직임을 멈추었다.

진원명의 검은 두 청년의 검을 가볍게 스치고만 지나갔었다. 그사이에 두 청년의 공격을 비틀어 버린 것이다.

두 청년이 내심 기막혀하며 황급히 고개를 돌렸다. 진원명은 이미 싸우는 네 사람 사이에 뛰어들어 있었다.

"박 형, 내가 남자를 맡겠소."

이등은 그렇게 말하고 설공현에게 뛰어들었다. 박 형이라 불린 사내가 뒤늦게 단목영을 노렸다.

"허!"

이등의 눈동자에 설공현이 비쳤다. 이등은 기합을 넣으며 앞으로 뛰어들며 설공현의 상단을 베어갔다.

설공현이 검을 휘둘러 방어했다. 아래에서 비스듬히 올려 베는 검은 이등의 검을 충분히 흘려버릴 수 있을 만큼 안정되어 보였다.

그러자 이등의 검이 변했다. 내려쳐 가는 자세에서 곧장 회수되더니 설공현의 오른쪽 어깨를 찔러간다.

쇄액!

위험해 보이는 순간이었지만 곧바로 설공현의 자세가 변했다. 아마 이런 상황을 애초 그리고 있었음이 분명했다.

물이 흐르듯 자연스럽게 체중이 뒤로 이동하며 몸이 숙여지더니 사내의 검이 표적을 잃었을 때 벼락처럼 뛰쳐나오며 사내의 머리를 노렸다.

신뢰격정(迅雷擊頂)의 초식. 단순하지만 수많은 연습을 통해 단련한 설공현의 비기였다.

챙!

어떻게든 빠르게 승부를 내고자 사용한 검술이지만 적은 당하지 않았다. 단지 놀란 표정으로 뒤로 물러섰을 뿐이다.

"대단한 위력이군!"

단순했지만 그 시기와 힘의 배분이 적절했다.

이렇게 단순한 공격을 위력적으로 펼친다는 것은 설공현의 무공이 제법 기틀이 잘 잡혀 있다는 이야기와도 같았다.

경험상 이런 자들은 기초가 없이 화려함만을 중시하는 자들보다는 더 까다롭고 위력적이었다.

이등은 신중하게 검을 휘둘렀다.

훅, 후욱!

하지만 그뿐이다.

설공현은 이등에게 까다롭고 위력적인 사내는 될 수 있겠지만 위협적인 사내는 되지 못한다.

지익, 챙!

설공현의 옷자락이 찢겨져 나갔다. 곧바로 이어진 이등의 공격은 방금 전과 비교도 되지 않을 만큼 매서웠다.

"젠장."

설공현이 중얼거렸다.

적은 대단한 실력자였다.

이런 정도의 차이라면 자신이 선전한다 해도 버텨내는 것이 고작일 것이다. 아니, 얼마나 오래 버틸 수 있을지조차 의문이었다.

챙! 채앵!

상황이 어려워지니 마음이 약해지려 했다.

어지러운 마음으로 적과 맞서며 설공현은 자신보다 단목영을 떠올렸다. 자신이 이 정도라면 단목영은 더 버텨내기 어려우리란 사실이 떠올랐기 때문이다.

설공현은 뒤를 돌아보고 싶은 마음을 억지로 억누르며 이등의 공격을 막아갔다.

채앵, 챙!

"아!"

그때 뒤에서 여인의 놀란 목소리가 들려왔다.

단목영이다.

설공현은 참지 못하고 뒤를 돌아보았다. 어쩔 수가 없었다. 자신이 죽는다 해도 단목영의 위기를 외면할 수 없었다.

순간 설공현의 머릿속에 만약 마지막 순간에 단목영을 바라보며 죽는다면 그것도 그리 나쁜 일은 아니리라는 생각이 스쳐 갔다.

하지만 눈앞에 펼쳐진 광경은 설공현의 생각과 거리가 먼 것이었다.

"무, 무슨?"

단목영은 주저앉은 채 당황한 목소리로 말했다.

그 물음은 단목영을 가로막고 서 있는 한 사내, 진원명을 향한 것이었다.

진원명은 단목영의 앞을 가로막은 채 검을 내밀고 있었다. 그리고 박 형이라 불렸던 사내의 검이 진원명의 검과 맞닿아 있었다.

"사술… 인가?"

박 형이라 불린 자가 눈살을 찌푸리며 말했다.

마치 큰 집게로 붙잡기라도 한 듯 자신의 검은 진원명의 검에 달라붙은 채 꼼짝도 하지 않고 있었다.

마치 허공에 그대로 멈춰 버리기라도 한 듯한 느낌. 이런 무공은 자신이 알고 있는 상식을 벗어나 있었다.

그렇기에 이자의 무공은 무서울 것이다. 상식과 예상을 벗어난 무공은 위험하다.

어떤 식으로 막아야 한다라는 대비를 할 수 없기 때문이다.

박씨 사내는 힘을 써서 검을 떼어내려 하며 진원명의 이어질 공격을 살폈다.

진원명은 검을 끌어당겼다. 사내의 검도 진원명의 검에 딸려왔다. 사내는 잠시 힘을 써 검을 떼어내려 하다가 재빨리 어느 순간 검을 버리고 진원명의 품으로 파고들었다.

휙―

진원명의 검이 아래로 휘둘러졌다. 하지만 사내는 이미 뒤로 물러서 있었다.

진원명의 품으로 파고들려 했던 동작 자체가 허초였던 것이리라.

후웅!

진원명은 검을 뻗어 자신의 칼에 붙어 있는 사내의 검을 사내에게 다시 날려 보냈다.

사내는 감히 받을 생각을 못하고 피했다. 진원명이 날려 보낸 검은 꽤 위협적인 소리를 내며 날아가 담장에 부딪치려 했지만 그 순간 누군가의 검에 가로막혀 땅에 떨어졌다.

"아민……."

진원명이 낮게 중얼거렸다. 진원명이 날려 보낸 검을 받아
낸 이는 바로 아민이었다.

척애(隻愛) 7

"저자는 왜… 또 전 소저를 돕는 것이지?"

설공현은 그렇게 중얼거렸다.

눈앞에 단목영의 앞을 가로막은 진원명의 모습이 보였기 때문이다.

처음에는 의아함을 느꼈지만 곧이어 찾아든 것은 불쾌함이었다. 설공현은 진원명과 단목영이 함께 있는 것을 바라보는 것이 싫었다.

생각해 보면 처음 볼 때부터 그랬다. 진원명에게 가까이 가면 이상한 느낌이 들었었다. 낯익으면서 너무나도 불쾌한 기분.

얼마 전 적들의 저택에서 진원명의 정체를 알아보았던 것도 그 느낌 때문이었다.

"지금과 같은 악연으로 엮일 것을 그때부터 미리 알았던 것일까?"

단목영은 진원명을 좋아한다. 설공현은 결코 그것을 용납할 수 없었다. 그가 이처럼 수상하고 위험한 인물이기 때문이다.

진원명이 단목영의 눈앞에서 얼쩡거리는 것이 싫었고, 진원명이 단목영과 얽히는 것이 참을 수 없을 만큼 불쾌했다.

하지만 지금은 어쩔 수 없이 진원명에게 기대해야 한다.

얼마 전 보았던 진원명의 믿을 수 없는 무위라면 단목영을 구할 수 있을지도 몰랐다.

"젠장."

설공현은 이처럼 싫어하는 상대에게 기대하는 것밖에 아무것도 할 수 없는 무력한 자신이 증오스러워졌다.

아민은 막아낸 검을 내려놓고 주변을 둘러보았다.

"이제 그만 해요. 이 이상 소란을 피우면 들키고 말 거예요. 모두 그러길 원하시나요?"

아민의 차분한 표정과 차분한 어조는 장내의 격양된 분위기를 진정시켜 주는 힘이 있었다.

설공현의 뒤를 노리려던 이등도, 빈손이 된 눈앞의 적에게 달려들려던 진원명도 잠시 움직임을 멈추고 아민을 바라보았다.

"민아야, 너도 봤겠지만 이자는 이제 우리와 아주 돌아설 모양이다. 이자의 실력이 상당하니 너의 도움이 없다면 제압이 힘들 것 같구나. 도와다오."

황씨 청년이 입을 열었다.

진원명은 황씨 청년의 말을 듣고 눈살을 찌푸렸다. 이들의 지시 체계는 알기 힘든 부분이 있었다. 황씨 청년은 다른 사람에게 지시할 때는 저처럼 부탁하지 않았었다.

아민이 고개를 저었다.

"다툼으로는 아무것도 해결되지 않아요. 일을 망칠 뿐이죠. 아마 도련님… 진 공자께서는 뭔가 원하는 것이 있을 거예요. 그 이야기를 한 번 들어보도록 해요."

황씨 청년은 불만스러운 눈빛을 보였지만 그것을 말로 표현하지는 않았다. 진원명은 문득 지금 이자들을 총괄하는 우두머리가 뜻밖에 아민인지도 모른다는 생각을 했다.

아민이 고개를 돌려 진원명을 바라보았다.

"당신은 왜 우리 일을 방해하는 것이죠?"

조용한 아민의 눈을 바라보며 진원명은 고개를 저었다. 방금 전 끓어올랐던 분노는 어느 순간 사라져 있었다.

"난, 단순히 저들을 구하려 하는 것뿐이야."

"당신은 왜 우리 일을 방해하면서까지 저들을 구하려는 것인가요? 우리는 오늘의 일에 많은 것을 걸었습니다. 당신도 모르지는 않을 텐데요."

진원명은 왠지 미안한 감정이 솟는 것을 느꼈다. 내가 그들에게 잘못한 것일까?

"그것은… 나도 알고 있어. 하지만 난 굳이 이들을 해칠 필요까진 없다고 생각해."

"이번 일을 계획하고 실행하는 것은 우리입니다. 당신이 우리를 돕고자 한다면 우리의 의견을 우선 존중해 주어야 하지 않을까요?"

아민의 말에 진원명은 잠시 머뭇거리다가 대답했다.

"네 말이 맞을지도 몰라. 하지만 내 입장을 이해해 주길 바라. 난 이들이 죽도록 내버려 두지 못하겠어. 대신 내가 책임지고 이들이 오늘 일을 방해하지 못하도록 하겠어."

아민은 알 수 없는 표정을 하고 잠시 진원명을 바라보았다.

"저 여인이 그토록……."

아민은 그렇게 말하다가 이내 고개를 젓고는 다시 말했다.

"이들을 다치지 않게 하면서 어떻게 강제할 거죠? 이들은 세 사람이나 되는 데다 우리의 일이 어떤 식으로 흐를지 모르는 이상 당신은 상당히 오랜 시간 동안 이들을 억류해야 할지도 몰라요. 그게 가능할까요?"

그때 누군가의 목소리가 들려왔다.

"저기… 내가 그분 연 소협을 도우면 어떻겠습니까?"

그 자리에 있는 모든 사람의 시선이 목소리가 들려온 곳으로 향했다.

혈도가 점해진 채 땅바닥에 쓰러져 있는 사내가 그곳에 있었다. 바로 장영길이었다.

장영길은 사람들의 시선에 살짝 위축되는 듯했지만 이내 이어서 말했다.

"사실 저는 이자들에게 붙잡혀 있는 상태였습니다. 이자들과는 적대하는 관계라 할 수 있죠."

진원명이 인상을 찌푸리며 장영길을 바라보았다. 무슨 말을 하는 건가?

황씨 사내가 비웃었다.

"어처구니가 없군."

"저, 정말입니다. 저는… 이곳에서 한탕하고 도망치려다가… 그러니까 도둑질을 하다가 이들에게 붙잡혀서 끌려온 겁니다. 악벌단으로 돌아갈 수 없는 입장이에요. 그러니……"

장영길이 주변을 돌아보았다.

"그러니 제가 연 소협을 돕게 된다면 두 사람이 두 사람을 억류하게 되니 충분하지 않겠습니까?"

진원명은 참지 못하고 한숨을 내쉬었다. 장영길의 말대로 된다면야 좋겠지만 그들이 그렇게 해줄 리가 없었다.

자신이야 장영길의 됨됨이를 알고 있으니 장영길의 말이

사실임을 짐작할 수 있지만 저들은 무얼 보고 장영길의 말이 사실임을 믿겠는가?

아민이 고개를 저으며 말했다.

"악벌단에 죄를 지었다는 당신의 말이 사실인지 아닌지 우린 알 수 없습니다."

"아, 그러고 보니 즈, 증거가… 있습니다."

장영길이 황급히 말하다가 이내 인상을 확 찡그렸다. 아민이 물었다.

"그게 무엇이죠?"

"그, 그러니까… 그게……."

장영길이 그렇게 말하며 진원명을 슬쩍 훔쳐보았다.

"저자 쓸데없이 시간을 끄는 것이 수상하군. 뭔가 다른 꿍꿍이가 있는 것인지도 모르오."

황씨 사내가 그렇게 말하자 장영길이 황급히 소리쳤다.

"아닙니다. 그렇지 않습니다! 내 저들에게 들켜 훔친 물건을 모두 빼앗겼지만 하나는 건졌는데… 혈도를 풀어준다면 보여 드리겠습니다."

아민이 고개를 끄덕이자 가까이 있던 사내가 다가가 장영길의 혈을 풀어주었다.

장영길은 망설이는 듯한 눈치로 봇짐을 풀어 천에 싸여진 길쭉한 뭔가를 꺼내놓았다.

"이것입니다. 이게 그… 저기 연 소협의 것입니다."

진원명이 의아한 표정을 지어 보이다가 이내 표정을 굳히고는 황급히 봇짐을 뒤져 보았다.

진원명의 봇짐에서도 장영길이 들고 있는 것과 비슷한 모양의 천이 나왔다. 진원명이 천을 풀어헤쳤다.

그러자 그 안에서 길쭉한 막대기 하나가 나왔다.

"그… 원래 내용물은 여기에 있습니다."

장영길이 내보이자 사내가 건네받아 진원명에게 가져왔다.

"맞습니까?"

진원명은 눈으로 보지 않아도 드는 순간 알 수 있었다.

"맞습니다. 제가 아끼는 칼인 듯합니다."

아민이 고개를 끄덕였다.

"아무래도 저자의 말은 사실인가 보군요. 그럼… 그냥 저자의 말에 따르는 것이 어떨까요?"

"민아야, 무슨 소리를……."

황씨 사내가 반박하려 했지만 이등이 끼어든다.

"전 민아의 말을 따르는 게 좋다고 생각합니다. 진 형의 무공이 대단하여 우리로선 제압할 방법도 없지 않습니까? 서로 적절한 선에서 타협하는 편이 지금 상황에서는 그나마 최선으로 보입니다."

황씨 사내가 눈살을 찌푸렸다. 마음에 들지 않지만 이등의 말이 옳다고 여겼기 때문이다.

"그리고 저는 차라리 저들을 함께 데리고 다니는 편이 좋으리라 생각합니다. 이들을 이용할 일이 있을지도 모르고 진형은 봐서 알겠지만 상당한 무공을 가졌으니 도움이 될 것입니다."

"말이 되는 소릴 하시오. 그자들을 어떻게 데리고 다닌단 말이오?"

"그 부분은 제게 맡기세요. 마침 제게 이자들이 말을 잘 듣게 만들 방법이 하나 있지요."

이등이 황씨 사내에게 그렇게 말하고는 장영길에게 다가왔다.

"잠깐 입을 벌려보겠나?"

장영길은 이등의 말에 의아한 표정을 짓다가 입을 살짝 벌렸다.

휙!

"켁!"

그 순간 이등의 손에서 알약 하나가 쏘아져 장영길의 입으로 들어갔다.

장영길이 놀라 입을 벌려 알약을 뱉어내려 했지만 이등이 먼저 천돌혈(天突穴)을 누르자 자신도 모르게 알약을 꿀꺽 삼켜 버렸다.

"이, 이건 대체……."

"부식혈독(腐蝕血毒)이라 한다네. 해독약을 먹지 않으면 삼

일 만에 산 채로 몸이 썩어버린다고 하더군."

장영길의 안색이 순간 죽은 사람처럼 창백해졌다.

"하지만 너무 걱정은 말게. 이 독이 발작하는 데는 하루의 여유가 있으니 말일세."

"하, 하루라 하였습니까?"

이등이 고개를 끄덕였다.

"그래, 하루일세. 그 안에만 먹는다면 별다른 부작용도 없다고 하니 염려하지 않아도 될 걸세. 그 안에 자네가 약속한 대로 우리 일을 잘 도와준다면 해약을 내주겠네. 알겠나?"

장영길이 겁먹은 표정을 짓다가 황급히 고개를 끄덕였다. 이등이 단목영과 설공현에게 고개를 돌렸다.

"나머지 두 사람도 마찬가지로 내가 드린 약을 먹어주시오. 진 형은 조금 내키지 않겠지만 이해해 주길 바라오."

진원명이 인상을 찡그리며 물었다.

"해독약을 먹으면… 정말 아무 문제 없는 겁니까?"

"그렇소. 안심해도 좋을 것이오."

이등은 나머지 두 사람에게 차례로 약을 먹이고는 가볍게 한숨을 내쉬었다.

"되었소. 이제 한시적이지만 모두 같은 편이 된 듯하구려."

"그런 약이 있었다면 진작 사용했으면 좋지 않았소?"

황씨 사내가 불평하였다.

"무엇보다 이런 소란을 피웠는데 들키지 않은 것이 다행입니다. 모두 덤불 안으로 들어와 조금이라도 쉬도록 하지요. 해가 거의 저물었으니 금방 다시 움직여야 할 것입니다."

사람들은 모두 이등의 말을 따랐다.

*   *   *

진원명은 고개를 들어 덤불 속에 둘러앉은 사람들을 돌아보았다.

사람들은 자연스럽게 두 패로 나뉘어 있었다. 장영길과 단목영, 설공현의 한패와 아민과 다섯 사내의 한패다. 그리고 자신이 그 중앙에 있었다.

양쪽 모두 진원명을 바라보는 시선이 곱지 않았다. 생각해 보면 당연한 일이다. 방금 전 자신은 어느 쪽 편도 확실히 들지 못했지 않은가? 양쪽 다 자신으로 인해 피해를 본 셈이니 자신의 존재가 달가울 리가 없었다. 진원명으로서는 한숨이 나올 상황이었다.

"원래 이러려던 것이 아니었는데……."

오늘의 일은 너무 생각지 못한 방향으로 엉켜 버렸다. 진원명은 그 실타래를 어디서부터 풀어내야 할지 알 수 없었다.

날이 저물기 시작하자 아민이 계획에 대한 설명을 시작했다. 아민은 장원 내부의 지형과 목표의 위치, 그곳을 지나는 동초(動哨)의 경로와 시간대, 보초(步哨)들의 위치와 교대시각 등 여러 가지를 실명해 주었다.

관계자가 아니라면 자세히 알기 어려운 부분들에 있어서도 불분명하거나 애매모호한 부분이 없는 것으로 보아 상당한 조사를 한 것이 분명해 보였다.

진원명은 자신도 조사한 내용이라 어느 정도 익숙했지만 다른 이들은 그렇지 않았다. 아민은 두 번을 되풀이해서 설명했다. 어쨌든 기본은 최대한 주변에 노출되지 않고 목표한 건물에 침입해 목표인 무민을 구출하는 것이었다. 아민은 마지막으로 생길 수 있는 여러 변수들을 덧붙여 말해주었다.

"이제 시간이 삼각 정도 남았어요. 일각 뒤에 움직이기 시작하죠."

진원명은 아까 전부터 아민의 일행이 아민의 지시를 무시하지 못했던 이유를 알 수 있었다. 아민은 저택에 머물며 이번 일에 대한 계획을 전부 혼자 짰던 것이다.

진원명은 새삼 감탄한 눈으로 아민을 바라보았다.

일각 뒤, 일행은 아민의 말대로 움직이기 시작했다.

아민의 조사가 좋았고 일행의 움직임들도 모두 날랬다. 목표한 곳까지 이동하는 것에는 오랜 시간이 걸리지 않았다.

그 과정에 일행은 어떤 보초들과도 마주치지 않았다.

"이제부터가 중요해요."

아민의 지시에 따라 세 명의 사내가 일행에서 이탈해 사방으로 흩어졌다.

황씨 사내와 이등, 그리고 조씨 성을 가진 사내였다. 이들은 자신들을 그냥 성 뒤에 위장(衛將)이란 말을 붙여 호칭하라 하였다. 나머지 두 사내는 최씨와 박씨 성을 가졌는데 그들은 부장(副將)의 직책이라 하였다.

세 사내가 이탈한 뒤 일각의 시간이 지난 뒤 나머지 일행이 담을 넘어 들어갔다.

담장 너머에서는 아무 기척도 소란도 느껴지지 않았다. 이런 반응은 세 사람이 일을 성공했다는 말과도 같다.

눈앞에 보이는 건물로 접근하자 어둠 속에서 세 사람의 그림자가 걸어나왔다. 이탈했던 세 사내다.

아민이 고개를 살짝 끄덕이고는 앞장서 나가기 시작했다.

진원명은 문득 주변을 돌아보다가 어둠 속에 쓰러져 있는 한 사내를 발견했다. 아마 방금 합류한 세 사람에게 당한 사내들 중 하나일 것이다.

진원명은 기분이 가라앉는 것을 느꼈다. 자신과 일면식도 없는 자의 죽음이지만 진원명은 마음이 흔들리는 것을 느꼈다. 마음이 여려진 것일까? 아니, 생각해 보면 자신은 원래 이랬다. 예전의 자신은 폭력을 싫어하고 작은 것에 상처받는, 어찌 보면 여자 아이 같아 보일 정도로 여린 소년이었다. 언제부턴가 바뀌어 버렸지만…….

잠시 상념에 잠겼던 진원명은 고개를 젓고 다시 걸음을 재촉했다.

건물에 다가가 안으로 들어설 때까지 일행은 어떤 방해도 받지 않았다.

아민의 계획이 좋았다는 이야기이겠지만 그렇다 해도 일이 이처럼 쉬울 것이라고는 생각지 못했다.

이 정도였다면 차라리 이처럼 유인책을 쓸 것도 없이 적당한 시기에 자신이 혼자 구해내는 편이 나았을까? 그렇게 생각하던 진원명은 이내 고개를 저었다.

하긴 그랬다면 만약의 경우 수많은 악벌단원과 청허, 장수생과 이귀 등의 고수들마저 상대해야 했을지도 모른다.

건물 안은 넓은 당과 좌우에 방 하나씩으로 이루어져 있었다. 그리고 굳이 방으로 들어갈 필요 없이 당 뒤쪽 창가에 서 있는 한 사내가 보였다.

아마 그자가 무민일 것이다.

"주군."

아민이 조심스럽게 무민을 불렀다.

무민이 뒤를 돌아보았다. 달빛을 등져 모습이 잘 보이지 않는다.

"주군, 늦었지만 주군을 구하기 위해 왔습니다."

황씨 사내, 황 위장이 무릎을 꿇는다. 무민은 고개를 살짝 갸웃거리더니 대답했다.

"그래, 그래도 알고 있으니 다행이구나. 너희들이 늦었다는 것을……."

거친 울림을 가진 귀에 익은 목소리, 이 목소리는 무민의
것이 아니었다.

"젠장, 넌 누구냐?"

황 위장이 황급히 일어나며 외쳤다. 그 대답은 황 위장의
뒤편 아민의 입에서 들려왔다.

"연 기주!"

눈앞의 인물은 남장을 한 연 기주였다.

척애(隻愛) 8

"젠장, 더러운 배신자 녀석이었군. 주군은 어디로 빼돌린 것이냐?"

황 위장이 외쳤다. 연 기주가 태연한 기색으로 대답했다.

"난 꽤 오래전부터 이곳에 있었다네. 그러니 당신네 주군을 빼돌린 적도 없거니와 본 지도 제법 오래되었다네."

"잡설은 집어치우고 우리가 필요한 사실만 말하세요. 지금 주군은 어디에 있죠?"

아민의 목소리는 냉랭했다.

지금의 상황도 그렇지만 아민은 과거 연 기주로 인해 생명이 위협받았던 좋지 않은 기억이 있었다.

비록 그때 날아든 화살의 표적은 진원명이 되었지만 그때 연 기주가 보였던 악의와 살의의 표적은 애초 아민이었다.

그때의 기억이 아직 선명한 지금 아민이 연 기주에게 좋은 감정을 가질 리 없었다.

"이런, 그간 성격이 많이 날카로워졌구먼. 뭐 말해주는 것은 어렵지 않네만, 그것이 자네들에게 아무런 쓸모가 없지 않을까 걱정이네."

"무슨 헛소리지?"

"자네들의 남은 명이 길지 않을 것이라는 이야기지."

연 기주가 그렇게 말하는 순간 좌우의 방문이 열리고 무기를 든 무사들이 튀어나왔다.

일행의 분위기가 무겁게 가라앉았다.

거의 이십 명에 가까운 인원, 그것도 기척을 숨기고 있었던 것으로 보아 상당한 실력으로 보이는 자들을 절반의 수인 열 명으로 맞상대해야 한다.

"하지만 내 기회를 주겠네. 지금 무기를 버리고 항복한다면 그자는 털끝 하나 다치지 않도록 예우해 주지."

챙강.

말이 끝나기 무섭게 칼 하나가 버려졌다. 그 자리에 있던 모두가 당황하여 돌아보았다. 그곳에 빈손으로 어색하게 서 있는 장영길이 보였다.

순간 나머지 일행이 무서운 시선으로 장영길을 바라보았

고, 말을 꺼낸 연 기주도 떨떠름한 표정으로 장영길을 바라보았다.

장영길은 그렇게 잠시 주변의 따가운 시선을 받으며 서 있다가 문득 그 시선 중 이등의 화난 시선이 있음을 깨닫고는 황급히 다시 무기를 주워 들었다.

"아하하, 이거, 참. 손잡이가 미끄럽군요."

연 기주가 고개를 돌리며 헛기침을 했다.

"어험, 어쨌든 아무도 항복할 의사가 없나 보군."

"…항복하느니 싸우다 죽겠다!"

장영길의 존재는 암묵적인 합의하에 무시되었다. 연 기주는 고개를 끄덕이고는 무사들에게 지시했다.

"모두 사로잡되, 실력이 대단한 자들이니 손에 사정을 두지 마라. 만약 죽이더라도 상관없다."

연 기주의 지시에 따라 무사들이 일행에게 달려들었다.

챙, 채앵! 챙!

곳곳에서 격돌이 시작되었다.

아민의 일행은 이런 상황이 익숙한 듯 밀집대형을 이뤄 적들을 맞았지만 단목영과 설공현, 장영길 등은 그렇지 못했다.

자연스럽게 적들은 상대적으로 대열이 갖춰지지 않은 단목영의 일행 쪽으로 공격을 집중했다. 손도 맞지 않는 세 사람이 몰려드는 적들을 당해낼 수 있을 리 없다.

"젠장, 이런 곳에서 이렇게 허무하게 죽기는 싫다고!"

장영길이 울상이 되어 외쳤다.

하지만 그들의 앞에는 애초에 지금의 상황을 전혀 불리하지 않다고 여겼던 단 한 사람, 진원명이 있었다.

*　　　*　　　*

쩌엉! 쩡!

전방에서 달려들던 두 무사가 진원명과 부딪치자마자 거꾸러졌다.

마치 다리에 뭐가 걸려 쓰러진 듯한 모양새였는데 그 쓰러진 방향이 교묘해 전방에서 달려들던 적 두 명이 그들에게 가로막혔다.

"조심!"

달려들던 적들이 쓰러진 동료들을 붙잡아 일으키고 있을 때 진원명이 재빠르게 그들 중 오른쪽 적에게 파고들어 낮은 돌려차기를 날렸다.

퍼억!

"으윽!"

동료를 붙잡아 일으키던 사내가 목표였다. 자신을 가로막은 동료에게 가려 진원명의 파고드는 모습을 보지 못한 사내는 진원명의 기습에 무릎 안쪽을 얻어맞고 휘청거렸다.

퍼억!

그리고 한 번 휘청거리는 순간 이어서 반대쪽 무릎에도 같은 공격이 이어졌다.

"젠장!"

평소라면 이런 하단 공격에 당했다 해도 금방 자세를 수습할 수 있었겠지만 지금은 자신과 엉켜 있는 동료가 걸리적거렸다.

퍼억!

세 번째 같은 타격이 들어오자 사내는 버티지 못하고 주저앉았다.

하지만 진원명의 공격은 끝이 아니었다.

퍼억!

"으헉!"

진원명이 이어서 사내와 엉켜 있던 동료의 등을 밀어 찼던 것이다.

두 사내는 버티지 못하고 뒤로 나동그라졌다.

"이봐! 걸리적거리지 말고 좀 비키라고!"

"나도 그러고 싶다네!"

하지만 두 사내가 엉켜든 자신들의 몸을 채 풀어내기도 전에 이미 그들의 몸 위로 진원명의 다리가 떨어져 내리고 있었다.

뻐억!

"으아악!"

두 사람을 한꺼번에 내리찍는 타격이었지만 비명은 한 사람 분이었다. 진원명의 다리를 정통으로 맞은 위쪽의 적은 그대로 기절해 버린 것이다.

진원명은 내려차기를 날린 뒤 곧바로 몸을 살짝 숙였다.

후욱!

그 순간 진원명의 등 뒤에서 날아든 검이 진원명의 머리 위를 스쳐 갔다.

믿을 수 없을 만큼 아슬아슬한 회피에 놀란 적이 외쳤다.

"이런, 운 좋은 녀석!"

진원명은 대꾸하지 않고 고개를 숙인 상태에서 재빠르게 왼쪽 다리를 뻗었다.

탓.

마침 적이 내딛던 다리가 걸리는 위치였다. 진원명을 공격했던 적이 살짝 균형을 잃는 순간 진원명이 몸을 일으키며 어깨로 적의 몸을 가볍게 튕겼다.

쿵!

적은 허공에서 앞으로 한 바퀴를 회전해 땅에 떨어졌다.

"으헉!"

"크억!"

마침 두 사람이 겹쳐 누워 있던 위였던 터라 기절한 한 명을 제외한 두 사람의 신음이 터져 나왔다.

후욱!

부웅!

진원명의 뒤에서 바람 소리가 들려왔다. 신원명은 고개를 돌리지 않고서도 알 수 있었다. 아까 전 자신에게 당했던 사내와 그를 도와주었던 사내가 자세를 수습하고 덤벼들고 있는 것이다.

진원명은 가볍게 몸을 띄워 자신의 앞에 쌓여 있는 세 사람을 밟고 반대편으로 넘어갔다.

픽!

"커억!"

쌓여 있던 세 사람 중 가장 위에 있던 사내가 진원명에게 밟힌 배를 움켜쥐고 몸을 일으켰다.

"이런!"

마침 진원명을 따라붙어 세 사람 위를 뛰어넘던 사내가 그에게 다리가 걸려 휘청거렸다.

퍼억!

진원명이 그런 빈틈을 놓칠 리 없다. 진원명이 날린 발차기에 이번의 사내 또한 균형을 잃고 나머지 세 사람 위에 주저앉고 말았다.

"으윽!"

하지만 큰 충격은 아닌지라 사내가 재빠르게 몸을 일으키려 할 때 뒤편에서 날카로운 외침이 들려왔다.

"몸을 눕히게!"

방금 전 함께 진원명을 공격해 오던 자의 목소리였다. 일어서려던 사내는 등 뒤의 예기를 느끼고 황급히 다시 드러누웠다.

　부웅!

　드러누운 사내의 얼굴 위로 새로운 사내의 날카로운 검격이 지나갔다.

　무방비로 누운 동료들을 엄호하기 위해 날린 공격이었다. 하지만 진원명은 한 걸음 물러서서 공격을 피했다가 다시 나오며 검을 찔렀다.

　마침 누워 있던 사내가 공격이 지나간 틈을 타 몸을 일으키려 고개를 들다가 다시 한 번 급하게 뒤로 드러누웠다.

　부웅!

　매서운 찌르기가 다시 누운 사내의 눈앞을 지나쳐 갔다.

　부웅! 부웅!

　네 사람이 만든 벽을 사이에 두고 다시 두 번의 검이 더 오갔다.

　맨 아래에 깔린 사내는 충격으로 반쯤 정신을 잃은 상태였고 두 번째 깔린 사내는 아예 의식이 없다지만 눈앞을 지나치는 검을 바라보는 위쪽의 두 사내는 죽을 맛이었다.

　"으으윽! 조금만 옆에서 싸워줄 수 없소!"

　하지만 누워 있는 자들과 달리 진원명과 맞서고 있는 사내도 마음이 편치는 못했다.

진원명의 무위는 엄청나 보였다. 도저히 혼자 상대할 자가 아니었다.

평소 같으면 물러나서 다른 자들의 조력을 구했을 것이다.

하지만 그렇게 하지 못한 것은 지금 누워 있는 자들이 위험할지도 모른다는 생각 때문이었다.

사내는 조급한 마음으로 좀 더 강하게 검을 휘둘렀다.

부웅!

진원명이 피했을 때를 대비한 연격을 염두에 둔 공격이었는데 이번에는 오히려 진원명이 피하지 않았다.

턱!

쓰러진 사내들 가까이까지 빠르게 다가온 진원명이 검을 휘두른 사내의 소매를 잡아챘다.

소매가 잡힌 사내는 황급히 손을 잡아당겼고, 땅바닥에 쓰러져 있던 사내들은 기회라 여기고 그나마 어느 정도 동작이 가능한 손으로 진원명을 방해하려 했다.

부웅!

그런 사내들 얼굴 위로 다시 한 번 검이 지나갔다. 사내들은 놀라 손을 멈췄을 때 어떻게 손을 쓴 것인지 방금 전 진원명에게 손이 잡혔던 사내가 허공에 붕 떴다가 그들의 몸 위로 떨어졌다.

"크윽!"

깔린 사내들이 신음을 지르며 몸을 비틀었지만 맨 위에 떨어진 사내는 그들보다 더 괴로운 신음을 지르고 있었다.

"크으윽! 파, 팔이!"

나머지 사내들은 그제야 깨달았다. 맨 위의 사내는 팔이 기괴하게 꺾여져 있었다.

방금 전 도대체 무슨 일이 일어났기에 소매 한 번 잡힌 것으로 사람이 이렇게 되어버린 것인가?

다섯 명의 사내가 마치 탑을 쌓듯 쌓아 올려진 채 질린 표정으로 진원명이 있는 방향을 돌아보았다.

하지만 진원명은 이미 그 자리에 없었다.

타닷!

진원명은 뒤에 있는 세 사람을 돕기 위해 달려가고 있었다.

진원명이 맨 앞에서 적들을 맞아주었지만 돌아간 적들이 단목영과 설공현, 장영길에게 한 명씩 붙어 있었다. 진원명은 그중 가장 위험한 상황으로 보이는 장영길에게로 달려가 그의 몸 앞을 가로막았다.

터엉!

무사는 검을 채 휘두르지 못한 채 진원명의 검에 막혔다. 힘을 주어 칼을 뻗어내기 직전의 자세에서 그대로 멈춘 터라 그 모양새가 제법 역동적이었다.

무사가 놀라 진원명을 돌아보려 했을 때 진원명이 뒤로 물러나며 무사의 검에서 자신의 검을 떼어냈다.

휘리릭!

그러자 마치 수축되어 있던 용수철이 튕기듯 무사의 몸이 회전하며 자신의 몸 주변으로 검을 뿌렸다.

마침 단목영과 싸우던 다른 무사가 그 검의 궤적에 들어 있다가 공격을 받았다.

쨍!

매서운 일격에 팔이 욱신거렸다. 막지 않았다면 생명이 위험할 뻔한 공격이었음을 느낀 무사가 잔뜩 화가 나 외쳤다.

"이 자식! 뭐 하는 거야!"

방금 검을 날린 무사는 미안하다는 듯 고개를 살짝 숙였다. 그리고 그대로 몸을 날려 매서운 박치기를 날렸다.

퍼억!

"쿠억! 이언 미틴 자식!"

피와 부러진 이빨과 이빨 사이로 반쯤 샌 분노의 외침이 터져 나왔다. 예상치 못한 박치기라 피하지 못하고 입에 명중한 것이다.

동료에게 연달아 두 번의 공격을 당한 무사가 분노하여 들고 있던 칼을 동료를 향해 휘둘렀다.

털썩!

하지만 방금 박치기를 날렸던 무사는 이미 알고 있었다는 듯 몸을 숙이며 가볍게 검을 피했다. 검을 날린 무사는 당황하며 뒤로 물러섰다.

몸을 숙인 동료의 자세가 기묘하여 어떤 공격이 이어져 나올지 예측하기 어려웠던 것이다.

대 자로 땅에 엎드린 자세.

"혹시… 기절한 것인가?"

검을 날린 무사가 뒤늦게 엎드려 있는 무사의 상태를 깨달았을 때, 웬 검은 그림자가 검을 날린 무사의 눈앞으로 닥쳐왔다.

퍼억!

그 그림자의 정체가 한 남자의 발바닥이고, 그 발바닥의 주인, 진원명이 바로 동료가 자신을 공격하게 만든 주범이라는 사실을 깨닫지 못한 채 무사는 먼저 쓰러져 있던 무사 곁에 쓰러져 사이좋게 정신을 잃었다.

척애(隻愛) 9

"진원명? 저자가 정말, 진원명이 맞는 것인가?"

연청, 연 기주는 기가 막힌 표정을 한 채 진원명이 활약하는 모습을 바라보았다.

상식을 초월하는 무위였다. 진원명은 자신의 수하들을 마치 어린아이 상대하듯 상대하고 있었다.

"이건… 마치 그자와 같군."

연 기주는 그렇게 중얼거렸다.

이해할 수 있는 궤를 벗어나 버린 무공은 상대하기 어렵다.

저들이 모두가 강호에 나가면 일류급의 취급을 받을 수 있는 자들인데도 진원명을 상대로 전혀 맥을 못 추는 이유가 그것이다.

간단히 말하면 수준의 차이였다.

진원명이 사용하는 무공을 전혀 이해하거나 파악하지 못하고 있으니 그들은 진원명을 상대하는 데 있어서는 강호의 삼류낭인과 크게 다를 것이 없었다.

"나도 마찬가지일까?"

연 기주가 중얼거렸다.

하지만 연 기주는 궤를 벗어난 무공을 경험해 본, 그리고 그에 대한 해법에 대해서도 궁리해 본 적이 있는 자였다.

그자의 무공은 결국 극복해 낼 수 없었지만 진원명은 다를지도 모른다.

진원명이 보여주는 검술은 과거에 보았던 그자와는 약간 궤가 다른 검술로 보였다.

무인다운 호승심과 호기심을 눈에 담은 채 연 기주는 진원명을 바라보고 있었다. 진원명의 무공과 그 무공을 상대할 방법을 파악하길 바라면서. 또한, 진원명의 무공을 통해 자신이 넘어서고자 하는 그자를 상대할 하나의 해답을 찾기를 바라면서……

          *   *   *

진원명은 비상했다.

한 사내의 머리를 밟으며 뛰어오른 것이다. 진원명은 적들을 상대해 가면서 왠지 기분이 좋아진 상태였다.

이번엔 적이 어떤 수법으로 나올까? 그럼 나는 어떤 수법으로 대응할까?

매번의 상황이 달라지는 것이 즐거웠고, 그 상황에 따라 적절한 대처를 찾아내는 것도 즐거웠다.

진원명은 다음에 쓸 수법을 떠올렸다.

이번엔 한 번의 강공으로 이들을 압도해 버리는 것은 어떨까?

설공현을 공격해 가던 무사를 향해 떨어지며 진원명은 그런 생각을 했다. 생각은 떠오르기 무섭게 행동으로 이어졌다. 진원명은 자신의 전력을 다한 검을 그 무사에게 찔렀다.

후욱!

온몸의 수축했던 근육들이 하나의 흐름을 이루며 팽창하는 것이 느껴졌다.

기분 좋은 흐름이었다. 그 흐름에 보조를 맞추어 진기가 몸을 흘렀고, 이내 진원명의 뻗어낸 팔을 타고 검에 이르렀다.

애초에 칼에 머무르고 있던 마공 또한 그 진기의 흐름을 따라 재구성되었다. 힘의 흐름은 이어지고 중첩되면서 눈덩이처럼 불어나 검끝에 이르렀다.

후아아아아아앙!

설공현을 공격하던 무사가 자신을 향하는 알 수 없는 잠력을 깨닫고 황급히 위를 올려다보았다. 하지만 피하기엔 늦었다.

파라라락!

마치 바람이 불어닥치듯 무사의 옷과 머리카락이 흩날렸다.

무사의 눈에 스쳐 간 놀람은 곧바로 절망으로 변했다.

그 표정을 보고 진원명은 퍼뜩 깨달았다.

이 검에 맞는다면 무사가 결코 살아남지 못할 것임을…….

진원명은 마지막 순간 검의 방향을 바꾸었다. 검은 아슬아슬하게 무사를 스쳐 갔고 대신 땅바닥에 내리꽂혔다.

콰르릉!

마치 벼락이 친 듯한 굉음이 들렸다.

검을 중심으로 반경 삼 척가량의 바닥이 박살났다. 무사는 검에 맞지 않았지만 바로 옆 땅바닥으로 전해진 충격에 균형을 잃고 주저앉아 진원명을 바라보았다.

눈앞의 무사뿐만이 아니었다.

장내의 모든 무인들이 잠시 동작을 멈추고 진원명이 있는 곳을 바라보고 있었다.

잠시 장내가 침묵에 휩싸였다. 놀람에 의한 침묵이다. 심지어 칼을 직접 휘두른 진원명도 자신의 검의 위력에 놀라고 있었다.

방금 전의 검술은 진기의 방출이 아닌 그냥 검을 휘두른 것에 불과했다. 하지만 그 위력은 진기의 방출에 버금가고 있다.

같은 검술을 펼쳤는데 전과 이처럼 큰 차이가 나게 된 이유는 무엇일까? 나는 지금 예전과 무엇이 변해가고 있는 것일까?

진원명은 의문을 느꼈다.

자신은 강해졌다. 진원명은 그런 자신의 변화를 느끼고 있었다. 하지만 그 원리와 이유에 대해서는 모르고 있었다.

진원명은 얼마 전 무정귀를 제압했던 순간의 느낌을 떠올렸다. 예전 어검술을 썼을 때 느꼈던 것과 같은 느낌.

그 느낌이 바로 자신이 강해지게 된 이유라는 것을 진원명은 알 수 있었다. 그리고 그 느낌의 정체를 알게 된다면 자신이 지금의 경지를 넘어설 새로운 깨달음을 얻게 될 것이라는 사실 또한 알 수 있었다.

하지만 그 깨달음의 한가닥은 진원명의 머리에 잡힐 듯하다가 이내 사라졌다.

진원명은 아쉬움이 담긴 한숨을 내쉬었다.

그때 주변의 침묵을 깨고 연 기주의 목소리가 들려왔다.

"졌네. 자네는 정말 괴물이로군."

진원명이 고개를 들어 연 기주를 바라보았다. 연 기주는 씁쓸한 표정을 지으며 손짓으로 사람들을 뒤로 물리고 있었다.

"여여여연 공자가… 이이이이처럼 강했었소?"

장영길이 그제야 억눌린 목소리를 토해냈다.

설공현은 장영길을 흘낏 쳐다봤을 뿐 대답을 하지 않았고 단목영은 고개를 저으며 중얼거렸다.

"당신은… 역시, 그때 그 무사가 맞았군요."

연 기주가 재차 입을 열었다. 그 얼굴에 떠올랐던 씁쓸한 표정은 이미 사라져 있었다.

"내 자네와 비슷하지만 다른 검술을 본 기억이 있지. 상식과 원칙을 벗어난, 도저히 인간의 손으로 가능해 보이지가 않는 검술. 나의 수준으로는 어떻게 해도 자네의 무공을 제압할 방법이 떠오르지 않는구먼. 그러니 우리의 패배일세."

진원명은 고개를 끄덕였다. 연 기주가 깔끔하게 승복한다면 그래도 일이 쉬워질 것이니 다행이라 생각한 것이다.

"무슨 꿍꿍이지?"

하지만 황 위장은 진원명처럼 단순하게 생각하지 않은 듯 의심스럽다는 어조로 물었다. 연 기주는 무감동한 목소리로 대답했다.

"패배를 인정한다는 뜻이네. 어떤 방법을 써도 그 결과가 바뀔 것 같지 않군. 그러니 선처를 부탁하네."

"쳇, 더러운 년. 역시 상황이 불리해졌을 때 배신하는 것은 빠르군. 항복한다면 넌 일단 그 말투부터……."

"황 위장님, 우린 시간이 없습니다. 연 기주, 우리의 질문에 대답해 주실 수 있나요?"

황 위장이 화를 내려 할 때 아민이 황 위장의 말을 막으며 연 기주에게 질문했다.

연 기주가 고개를 끄덕였다.

"내가 아는 범위 내에서는 말해주겠네."

"민아야, 저자의 말을 믿을 수 있겠느냐?"

황 위장이 인상을 쓰며 아민에게 물었다. 곁에 있던 이등이 대답했다.

"연 기주는 제법 강직한 편이라 들었소. 믿어도 될 듯하오."

"우습군. 몰래 첩자질을 한 자가 강직하다라……."

황 위장이 비꼬듯 중얼거리자 연 기주가 말했다.

"난 남을 속이기는 하지만 거짓말은 하지 않아."

"하! 그 둘이 뭐가 다르지?"

"그것은 알고 보면 충분히 다르다네."

아민이 손을 들어 두 사람의 말을 멈추게 했다.

"어쨌든 일단 질문부터 하죠. "

아민이 그렇게 말하고 이등을 돌아보았다. 이등이 고개를 살짝 끄덕이더니 연 기주에게 질문했다.

"주군은 지금 어디에 계시오?"

"지금은 아마 철산(鐵山) 근방에 있을 것이네."

"철산?"

"황석(黃石) 동쪽에 있는 곳이지."

"주군이 왜 지금 그곳에 있는 것이죠?"

"자네들도 잘 알지 않나? 자네들의 주군이 우리 편에게 붙잡힌 것을, 자네의 주군은 우리 측 사람들에게 끌려갔으니 거기에 있는 것이지."

"쓸데없이 말 돌리지 마시오. 당신들이 왜 주군을 그곳으로 데려갔는지 묻는 것이오."

"그건, 애초 자네들이 이처럼 이곳으로 몰려올 걸 알았으니까. 자네들의 계획은 사실 모두 파악되고 있었다네."

이등과 아민이 눈살을 찌푸리며 고민했다.

진원명도 그들 자신의 움직임을 파악하고 있긴 했지만 그것은 한유민의 세력에 속한 은비연이 자신들을 염탐하는 것을 암묵적으로 용인해 준 탓이 컸다.

이들이 자신들을 염탐했다면 분명 자신들에게도 들켰을 것이란 이야기다.

이들은 도대체 어떤 경로로 자신들의 계획을 알았던 것인가?

"우리 계획은 어떻게 알아낸 것이오?"

이등의 물음에 연 기주가 말했다.

"나도 자세한 내용은 모르네. 보시다시피 이곳에 꼼짝도 못하고 있었던 몸이라."

"그럼 주군이 철산에서 얼마를 머물지, 앞으로 어디로 어떻게 이동할지에 대해서는 알고 있소?"

"나도 잘 모르네. 그곳을 책임지는 자가 알아서 할 일이니."

이등은 눈살을 찌푸렸다. 연 기주는 자신들의 물음에 성의 있게 대답해 줄 생각은 없는 듯했다.

이런 어설픈 정보는 아예 모르는 것보다 도움이 되지 않는다. 연 기주가 방금 말한 대로 거짓이 아닌 사실만으로도 사람을 속일 수가 있는 것이다.

이등이 고개를 저으며 난색을 표하자 아민이 안타까운 시선으로 연 기주를 바라보며 말했다.

"연 기주, 정말 모르는 것인가요? 뭔가 도움이 될 만한 작은 단서도 하나 없는 것인가요? 우리는 반드시 주군을 찾아야 합니다. 그러니 힘을 빌려주세요."

진원명은 그 모습을 보며 왠지 기분이 가라앉는 것을 느꼈다. 연 기주에게 좋지 않은 기억이 있음에도 아민이 이처럼 갈구하는 눈길을 보이는 것은 아마 그 대상이 무민이기 때문이겠지.

진원명은 고개를 젓고는 아민의 모습에서 시선을 돌려 버렸다.

연 기주는 잠시 지그시 아민의 모습을 바라보다가 고개를 돌려 진원명의 모습을 바라보았다.

연 기주는 이내 고개를 저으며 한숨을 내쉬었다.

"후우, 정말 바보 같은 젊은이들이군. 둘 다."

황 위장이 뭐라 말하려 했지만 연 기주가 먼저 다시 입을 열었다.

"자네들을 보니 쓸데없이 잔꾀를 부리려는 내가 오히려 바보 같아지는군. 더 뭔가를 감출 생각도 들지 않으니 내 모두 이야기해 주겠네. 자네들의 주군이 그곳에 있는 이유는 자네들의 동료들을 끌어들이기 위해서네. 아마 지금쯤 자네들의 동료들은 내가 방금 말한 철산을 향하고 있을 걸세."

"무슨 말이오. 그들은 지금 악벌단에게 쫓기는……."

"그래, 악벌단에게 쫓기는 중이지. 그러면서도 주군이 있는 위치를 안다면 우선 그를 구하려 들겠지. 생각해 보게. 자네들은 그런 자들이 아닌가? 세상 어느 무엇보다 주군에 대한 충성을 우선시하는……."

이등은 눈살을 찌푸린 채 말을 잃었다. 원래 유인하는 자들은 적들을 어느 정도 유인한 뒤에 모두 흩어져 종적을 감추기로 되어 있었다.

하지만 연 기주의 말대로 그들이 이번 일이 실패했고 주군이 어딘가 다른 곳으로 끌려가고 있다는 정보를 접하게 되었다면 그냥 보고만 있을 리가 없다.

그들은 악벌단과 적들에 의해 포위될 것을 알면서도 주군을 구하러 갈 것이다.

"도대체 한강민 그자는 왜 이런 일을 벌이는 것이오?"

이등이 일그러진 얼굴을 하고 연 기주에게 물었다.

"알지 모르겠지만 한강민 공자는 야심이 크고 영리한 사람이시. 한강빈 공자가 한유민 교주에게 반기를 든 것은 나름의 승산과 의미가 있기 때문이라네. 지금 이 자리에 외인이 몇 명 속해 있으니 자세한 이야기는 해주기 어렵고 자네들에게 가장 필요한 정보만 하나 이야기해 주지."

연 기주가 말한 외인은 단목영과 설공현, 장영길을 말하는 것으로 보였다. 혹은 진원명도 포함되어 있을지 모른다.

"철영이 한강민 공자와 손잡았다네. 그리고 이처럼 자네들의 주군을 붙잡고 자네들을 유인해 섬멸하려 한 것도 바로 철영의 요구 때문이지."

철영, 얼마 전 한유민에게 들었던 이름이다. 아민의 무리에게 신뢰받는다는 자.

"개자식, 헛소리하지 마라!"

황 위장이 곧바로 욕설을 날렸다.

다른 사내들도 마찬가지로 화가 난 표정이었다. 지난번 한유민에게 비슷한 이야기를 들었을 때 이등이 저랬다.

진원명이 고개를 돌리니 이등은 오히려 다른 자들과 달리 침착한 표정으로 연 기주의 말을 듣고 있었다.

아민은 어두운 표정을 한 채 말했다.

"…그분이 왜 그래야만 할까요?"

"민아야, 쓸데없는 짓이다. 이자는 우리에게 제대로 대답해 줄 생각이 없는 것 같다."

조 위장의 말이었다. 연 기주가 말했다.

"믿든 말든 그것은 자네들의 자유일세. 하지만 내가 말한 것은 사실이라네. 나 역시 그자, 철영이 왜 자네들을 해치려 하는지 알 수 없더군. 권력의 맛을 보고 사람이 변한 것인지도 모르지. 철영은 나라의 꽤 높은 관리와 손잡았다네. 그 때문에 한강민 공자가 철영과 손잡은 것이고, 철영의 말에 따르는 것이지."

진원명은 문득 얼마 전 만났던 은비연이 전해준 말을 떠올렸다. 동창과 악벌단 아민의 무리 외에 또 하나의 알 수 없는 세력이 악주에 존재하는 것 같다는…….

"하! 기가 막히군."

"어디 그 더러운 입으로 철영 사부를 모욕하는 것이오?"

"그런 헛소리에 우리가 휘둘릴 것 같은가?"

사내들은 상당히 흥분한 듯 언성을 높이고 있었다.

마치 당장이라도 칼을 휘두를 듯한 흉흉한 기세가 맴돌았지만 연 기주는 차분한 표정으로 주변을 돌아보고 있을 뿐 별다른 반응을 보이지 않았다.

그때 누군가의 조용한 목소리가 들려왔다. 바로 이등이었다.

"연 기주의 말은 거짓이 아닐지도 모릅니다. 사람을 통해 조사해 본 결과, 적어도 철영 사부가 적진에 있다는 것은… 확실한 사실 같습니다. 미리 모두에게 말씀드려야 했는데…

상황이 좋지 않아 그러지 못했습니다."

모두가 말을 멈추고 믿을 수 없다는 표정으로 이등을 바라보았다.

"이 위장, 정신이 나간 거요? 어떻게 그런 말도 안 되는……."

"저 역시 믿을 수 없어 여러 번의 확인을 해보았습니다. 철영 사부의 목적이 무엇인지는 모르지만 분명 철영 사부는 이 일에 개입하고 있습니다."

일행은 모두 침묵했다. 모두가 지금의 사실에 큰 충격을 받은 듯하다.

진원명은 아민을 바라보았다.

일행 중 그나마 침착한 이들은 아민과 이등이었다. 아민은 잠시 뭔가 생각하다가 고개를 저으며 입을 열었다.

"어쨌든 우리는 이만 떠나야 할 것 같습니다. 밖의 보초들이 교대할 시간이에요."

일행은 아민의 말에 정신을 추스르고 눈앞의 적들을 바라보았다.

"그전에 이들을 처리해야지."

적들이 경계의 눈으로 검을 들었다. 진원명이 눈살을 찌푸렸다.

"모두 죽이려는 생각이시오?"

"오늘의 일이 실패한 데다, 이들이 준 정보대로라면 우리가 할 일이 여기서 끝나는 것이 아닌 듯하니 이들을 그냥 멀쩡하게 내버려 둘 수가 없소. 이들은 얼마 지나지 않아 다시 우리 앞을 가로막을 것이오."

조 위장이 대답했다. 방금 전 진원명의 놀라운 무공을 직접 본 터라 진원명에 대한 대답에 성의가 있었다.

"조 위장의 말을 들었을 것이오. 당신들을 무사히 보내주기에 우리의 상황이 너무 좋지 않구려. 연 기주는 우리와 함께 가주셔야 하겠소. 그리고 남은 자들은 모두 오른손 엄지를 잘라내시오."

황 위장이 적들을 돌아보며 말했다. 진원명이 눈살을 찌푸렸다.

엄지가 잘리면 다신 무기를 쥐지 못한다. 너무 과한 요구가 아닌가?

진원명의 생각대로 적들의 기색이 심상치 않았다. 무공을 잃느니 목숨을 걸고 싸우려는 모양새다.

연 기주가 눈을 가늘게 뜨며 말했다.

"무리한 요구군. 이들이 자네들보다 무공은 약해도 수는 많다네. 작정하고 제대로 소란을 피우기 시작하면 장원 내의 무인뿐 아니라 근방의 무인들과 관원들까지 몰려들 텐데. 자네들도 곤란하지 않겠나?"

"하지만 그렇게 하는 것은 당신들로서도 이득이 없지."

연 기주와 그녀의 수하들 또한 대놓고 행동할 만큼 떳떳한 자들이 되지 못한다.

배반했다 하여도 이자들은 어찌 되었건 백련교의 사람들이니 말이다.

"뭐, 어차피 우리야 밑져야 본전이지 않나? 손가락을 자른다는데 그냥 순순히 따를 사람은 많지 않다네. 나 역시 내 수하들이 다치는 것을 원치 않기에 이처럼 항복한 것일 뿐이고."

황 위장은 말문이 막혔다. 정말 이자들이 작정하고 소란을 피운다면 꽤 귀찮아질 것이다.

"그냥 나 하나만 잡아가면 끝날 일을 고생하는군. 이자들은 청룡기의 단원들이네. 나를 따라 교를 배반했을 정도로 나와 각별한 수하들이지. 내가 자네들에게 잡혀 있는 한 함부로 행동하지 못할 것일세. 그것 하나는 확실한 친구들이지."

"그래 봤자 배신자의 수하들이지."

몇몇 무사들이 황 위장의 말에 분노하여 뛰쳐나가려 했지만 연 기주의 제지로 막혔다.

이등이 말했다.

"황 위장, 쓸데없이 적들을 자극할 필요 없소. 지금은 그냥 연 기주의 말대로 하는 편이 가장 좋을 듯하오."

황 위장은 조금 불만스러운 표정을 지었지만 더 말하지 않았다.

"그럼 연 기주의 말대로 하겠소. 그리고 청룡기의 단원들은 이번 일에서 모두 빠져 주시기 바라오. 혹시 앞으로 우리

행보의 앞길에 청룡기에 관련된 누군가가 보인다면 연 기주의 목숨을 보장하기 어려울 것이오."

"그렇게 하지."

연 기주가 대답하며 다가왔다.

이등이 나서서 연 기주의 양팔 혈도를 점하고 무기를 빼앗았다.

"그럼 빠져나가도록 해요."

아민의 말에 따라 일행은 건물을 나섰다. 그때 뒤편 무사 중의 하나가 외쳤다.

"청룡기는 잠시 상황을 지켜보겠소. 하지만 만약 청룡기주의 신병에 무슨 문제가 생긴다면 청룡기 모두는 목숨을 다해 청룡기주의 원수를 갚을 것이오. 명심하시오!"

연 기주의 말대로 그들의 충성심은 상당한 듯했다.

무사의 목소리를 뒤로하고 일행은 건물을 빠져나왔다.

장원을 빠져나오는 것은 들어올 때와 다르게 신속했다.

들키지 않게 조심하고 머뭇거려 봤자 보초 교대자들이 도착한다면 어차피 들킬 것이기 때문이다.

마을을 벗어날 때까지 일행은 전력으로 달렸다. 어두운 거리에는 사람도 별로 없었고 일행은 주로 골목이나 사람이 적은 길로만 달렸다.

마을을 벗어난 뒤에도 한참을 달려 아무 인적이 없는 동산이 눈앞에 나타나자 일행은 그제야 멈춰 섰다.

족히 이십 리는 달려온 듯했다.

일행은 모두 대충 아무 데나 주저앉아 호흡을 고르기 시작했다.

잠시 숨을 몰아쉬던 진원명은 주위를 한번 둘러보고 피식 웃었다.

모두 대충 주저앉은 것 같았는데 앉은 위치가 아까와 비슷했기 때문이다. 아민과 아민의 동료들이 한편, 그리고 설공현과 단목영, 장영길이 한편, 자신은 이번에도 역시 가운데였다.

진원명은 이내 시선을 뭔가 의논하고 있어 보이는 아민의 무리에게 두었다.

고민하는 표정으로 단목영과 설공현, 장영길을 번갈아 바라보고 있는 것을 보면 아마 저들은 단목영 등을 이대로 놓아주어야 하는 것인지에 대해 이야기하고 있을 것이다.

진원명은 가볍게 한숨을 내쉬었다.

사실 그들의 생각이 이해할 수 없는 것은 아니다. 그들은 애초에 도덕보다는 필요를 중시하는 자들이었고 그들의 잣대에 비추어보지 않더라도 지금과 같은 상황에 단목영 등을 이대로 보내주는 것은 자신들에게 위험할 소지가 있는 일이었다.

아마 진원명이 저들을 두둔하지 않았거나, 진원명에게 지금과 같은 무공이 없었다면 저들이 이처럼 고민하지 않았을 것이다.

"결국 힘있는 자 위주인 것이지."

진원명은 나직이 중얼거렸다. 누구도 범접 못할 힘이 있다면 세상 모두는 그에게 순한 양이 될 것이다.

진원명은 그것이 나쁘다거나 그릇되었다고 생각하지 않았다. 그냥 세상은 그런 모양을 하고 있을 뿐이다.

잠시 후 의논이 끝났는지 이등이 일어나 걸어왔다.

"이곳의 일이 대충 마무리되었으니 아무래도 그쪽의 세 분과는 여기서 헤어지는 것이 좋을 것 같군요. 오늘 부득이하게 세 분께 무례를 범한 것 용서해 주십시오."

이등은 단목영과 설공현, 장영길에게 공손하게 포권했다.

"우리는 이만 가도 되는 겁니까? 그럼, 그… 해독약은 어떻게?"

장영길이 희색을 띠며 말하다가 이내 해독약을 떠올리고 말끝을 흐렸다.

이등이 빙긋 웃으며 품에서 종이로 싼 약을 꺼내주었다.

"여기 있습니다. 총 두 알인데, 하나는 지금 먹고 하나는 일주일 뒤에 드십시오."

장영길이 크게 기뻐하며 받고는 재빠르게 한 알을 꺼내 삼켰다.

이등이 이어서 말했다.

"그리고 나머지 두 분께 드린 약은 미안한 이야기이지만 독약이 아니라 그냥 소화제였습니다. 독약이 하나뿐이라 부득이하게 숨겼으니 이해하십시오."

기뻐하던 장영길의 인상이 곧바로 구겨졌다.

그 말은 자신만 혼자 재수없게 독약을 먹었단 소리가 아닌가?

"그럼 이만 떠나셔도 됩니다. 아, 그리고 되도록 오늘의 일은 다른 사람에겐 말하지 말아주십시오."

이등은 그렇게 말하고 자리로 되돌아갔다.

"그럼, 우린 빨리 떠나도록 하지요."

장영길이 그렇게 말하고 곧바로 몸을 일으켰다. 설공현과 단목영이 따라 일어났다. 장영길은 몸을 돌려 앞장서 걸어가기 시작했다.

진원명은 고개를 살짝 끄덕이며 시선을 돌렸다.

굳이 떠나는 저들의 모습을 보고 싶지 않았다. 이대로 아무일 없이 헤어져 다시 만나지 않는 것이 저들에게나 자신들에게나 가장 좋은 일일 것이라 생각했다.

"사실, 오늘 낮에 벌써 이별이라 생각했었는데 말이지."

진원명이 낮게 중얼거렸다.

낮에 떠나는 단목영에게 두었던 미련이 남아 그들과 자신을 재회하게 한 건지도 모른다. 진원명은 이번에는 그들에게 더 이상 미련을 두지 않으려 했다.

"당신은 이제 저들을 따라갈 것인가요?"

하지만 단목영은 진원명의 그런 생각을 따라주지 않았다. 고개를 돌리니 언제 다가온 것인지 단목영이 서 있었다.

진원명이 허탈한 표정으로 말했다.

"아마 당신도 이제는 알았을 것이오. 나와 관여하는 것이 아무런 이득도 없다는 것을 말이오. 그럼에도 왜 이처럼 내게 관여하려 하시오?"

질문하는 진원명의 동글게 뜬 눈망울에 단목영의 얼굴이 비치고 있었다.

단목영은 생각했다.

나는 왜 그에게 이처럼 관여하는 것일까?

대답할 겨를은 없었다. 어느새 설공현이 다가와 있었기 때문이다.

설공현이 진원명을 바라보았다.

"우린 떠나겠소. 당신이 도와준 것은 감사하게 생각하오."

"그럴 필요 없소. 단지 두 분 모두 오늘의 일을 남들에게만 말하지 말아주시오."

설공현은 고개를 끄덕였다. 진원명이 살짝 고개를 숙이며 말했다.

"오늘 겪은 고초에 대해 두 분께 미안하게 생각하오. 불쾌하게 생각하지 않으셨으면 하오. 그럼… 살펴 가시기 바라오."

설공현이 단목영을 바라보며 말했다.

"전 소저, 이만 갑시다."

단목영은 진원명을 한 번 바라보곤 이내 고개를 끄덕였다.

"가겠어요. 그리고… 비밀은 지켜 드릴게요."

그렇게 말하는 단목영은 진원명의 얼굴을 빤히 바라보고 있었다.

얼핏 오늘의 일을 누설하지 말라는 말의 대답인 듯 보였지만 진원명은 그 말이 자신의 정체를 누설하지 않겠다는 이야기임을 알아들을 수 있었다.

"감사하오."

진원명이 말했을 때 단목영은 이미 돌아서서 걸어가고 있었다.

*　　　　*　　　　*

"방금……."

단목영과 걸어가던 설공현이 문득 입을 열었다. 단목영이 의아하다는 듯 바라보았다.

"뭐라고 하셨죠?"

설공현은 머뭇거리다가 다시 입을 열었다.

"방금… 저자와 무슨 이야기를 했는지 말해줄 수 있소?"

단목영은 묘한 감정을 느꼈다.

바로 익숙함이다. 단목영은 별다른 의식 없이 그 익숙함을 따라 대답했다.

"당신도 이제는 알았을 텐데요. 나에게 참견한 것 때문에 이처럼 험한 꼴을 당했다는 것을 말예요. 그런데 왜 이처럼 내게 또 관여하려 하시죠?"

이것은 자신이 진원명에게 받았던 질문이었다.

단목영은 말하고 나서야 깨달았다.

문득 단목영은 설공현을 바라보았다. 설공현이 내놓을 대답이 궁금했기 때문이다.

설공현은 고민했지만 오래지 않아 대답을 내놓았다.

"두고 볼 수 없었기 때문이오."

단목영이 조금 놀란 얼굴로 설공현을 바라보았다. 설공현은 단목영의 표정에 당황한 듯 말을 이었다.

"그게, 그냥… 당신을 두고 볼 수 없었기 때문에… 단지, 그것뿐이라오. 이상하게 여기지 마시오."

단목영은 고개를 끄덕였다.

단목영은 이상하게 여기지 않았다.

단지 설공현의 대답이 왠지 익숙해서, 그런 표정으로 설공현을 바라보았을 뿐이다.

단목영은 설공현을 바라보며 미소를 지었다. 따뜻한 미소였다.

설공현이 단목영의 미소에 짐짓 헛기침을 하며 시선을 피했다.

"당신은 나와 같군요."

단목영의 목소리에 설공현이 다시 고개를 돌렸을 때 멀리서 장영길의 목소리가 들려왔다.

"어서들 오세요. 두 분 거기서 뭣들 하고 있습니까?"

아마 혼자서 가기에는 왠지 무서웠던 모양이다. 설공현은 실소하며 단목영을 바라보았다.

"어서 갑시다."

단목영이 고개를 끄덕이고 설공현의 뒤를 따랐다. 그 얼굴에서 평소와 같은 차가움은 느껴지지 않았다.

＊　　　＊　　　＊

진원명은 떠나가는 단목영과 설공현의 모습을 바라보고 있었다. 그 뒷모습에서 묘한 익숙함이 느껴졌다.

"내가 언젠가……."

저와 같은 모습을 본 적이 있었던가?

척애(隻愛) 10

진원명은 오랜만에 자신의 존재를 자각했다.

꿈은 급하게 흘러가고 있었고 그 흐름 속에서 진원명은 자신이 존재한다는 사실마저 잊고 있었다.

자신은 때로는 설공현이 되었고, 때로는 단목영이 되기도 했다.

지금껏 자신은 바라보는 모든 사람이 되어 상황을 관찰하고 생각했었다.

진원명은 잠시 상황을 살피는 것을 멈추고 고민했다. 자신이 바라보는 이것이 꿈이 아닌 다른 무엇과 닮았다는 사실이 문득 떠오르는 듯했기 때문이다. 분명 지금의 경험과 비슷한 경험을 언젠가 해보았던 적이 있었는데 그게 무엇이었지?

진원명이 자신의 생각에 관심을 돌리는 순간 세상은 점차 느려지기 시작하더니 이내 완전히 멈추었다. 기억나지 않는 것을 붙잡고 있기 싫었던 진원명은 다시 세상으로 관심을 돌렸다. 멈춰 있던 세상은 다시 흘러가기 시작했다.

설공현의 어머니가 처음 단목영을 만나러 온 뒤로부터 일 년이 흘러 있었다.

설공현의 어머니가 설공현을 싫어한 것은 분명한 사실인 듯했다. 단목영이 처음 설공현의 어머니를 만난 뒤 설공현의 어머니는 거의 매일 단목영의 처소를 찾아왔다.

그녀는 매일 똑같은 말만을 남기고 갔다. 설공현이 자기 가족을 잡아먹는 악귀라는 말, 다른 가족들이 설공현으로 인해 죽었고 그녀와 단목영 또한 설공현으로 인해 죽게 될 것이라는 말, 그리고 그렇게 되지 않으려면 설공현을 떠나 멀리 도망가라는 말.

어느 날은 설공현의 어머니와 설공현이 단목영의 방 근처에서 마주친 적이 있었다. 설공현의 어머니는 어디서 그런 힘이 솟아난 것인지 설공현에게 달려들어 욕을 하고 할퀴고 침을 뱉었다.

하인들이 달라붙어 겨우 말리기는 했지만 설공현의 얼굴은 이미 그녀에게 할퀴어 피범벅이 되어 있었다.

설공현은 엉망이 된 모습으로 떠나가는 어머니의 모습을

한동안 멍하게 바라보았는데 그 모습은 그날 이후 왠지 오랫동안 단목영의 머릿속에 남아 잊혀지지 않았다.

그 모습이 왠지 단목영에게 낯설지 않았기 때문이다.

설공현의 모습은 단목영이 오랫동안 만나지 못했던, 그래서 거의 잊어가고 있었던 누군가의 모습을 떠올리게 했다.

그 뒤로 단목영은 멀찍이서 자주 설공현을 훔쳐보곤 했다. 단목영은 설공현을 통해 그 누군가에 대한 그리움을 달랬다.

오늘 설공현의 어머니가 세상을 떠났다.

그녀는 마지막까지 설공현이 자신을 죽인 거라 믿고 설공현을 저주했다고 한다. 하지만 그녀가 죽게 된 가장 큰 이유는 설공현이 아닌 그녀 자신에게 있었다.

그녀가 죽은 것은 그녀 스스로 음식을 먹는 것을 계속 거부해 왔기 때문이었다.

그녀는 그런 자신의 거식증조차 설공현으로 인한 것이라 굳게 믿었다. 그녀의 거식증은 결국 설공현이 자신을 해칠 것이라는 믿음이 만든 거식증이었으니 그녀의 말은 어찌 보면 완전히 틀리다 말할 수는 없을지도 모른다.

어쨌든 설공현은 그런 사실에 괴로워했다.

설공현의 모습을 자신이 그리는 누군가의 모습인 양 매일 바라보았기 때문일까? 언제부턴가 단목영은 설공현에 대해 많은 것을 알 수 있게 되어 있었다.

평소와 다를 바 없는 무표정한 설공현의 모습이 단목영에게는 참지 못할 괴로움으로 잔뜩 일그러진 모습으로 비쳐지고 있었다.

단목영은 괴로워하는 설공현이 신경 쓰였다.

때문에 고민하던 단목영은 결국 어머니의 장례식이 끝나던 날 설공현의 방을 찾았다.

"누구시오?"

방문을 열고 나온 설공현은 지쳐 보였다. 설공현은 자신을 찾은 단목영에게 잠시 의아한 표정을 지어 보였지만 이내 말했다.

"들어오시구려."

단목영은 잠시 들어가길 머뭇거리다가 이내 깨달았다. 자신이 설공현의 방에 들어와 본 것이 처음이라는 사실을 말이다.

방에는 집기가 그리 많지 않았다. 탁자에 술병이 몇 개 놓여 있었고 바닥에도 몇 개 굴러다니고 있었지만 그렇다 해도 제법 깔끔한 방이었다.

"앉으시오."

설공현이 의자를 빼주었다. 단목영이 고개를 살짝 끄덕이고는 의자에 걸터앉았다.

설공현이 탁자 반대편에 앉으며 살짝 미소 지었다. 피곤함과 우울함만이 가득 배어 있는 미소답지 않은 미소다.

"부인이 내 방을 찾아온 것은 처음인 것 같구려. 생각지도 못한 방문이라 조금 놀랐었소."

단목영은 살짝 고개를 끄덕였다. 설공현은 탁자 위의 술병들을 바라보며 고개를 저었다.

"뭔가 대접해야 하겠지만, 보시다시피 준비가 엉망이구려."

"아니, 전 괜찮아요. 그러니까… 전 신경 쓰지 마세요."

단목영이 말했다. 설공현이 고개를 끄덕였다.

그리고 한참 동안 두 사람은 말없이 그 자리에 앉아 있었다.

설공현은 뭔가 생각에 빠져 있는 듯 보였다. 오랜 기억을 떠올리는 것이리라. 단목영은 그렇게 느꼈다.

꽤 오랜 시간이 흐른 뒤에야 설공현은 상념에서 깨어났다. 설공현은 가볍게 한숨을 내쉬고는 이내 놀란 표정을 지었다.

"아, 미안하오. 잠시 생각에 잠겼었소. 내가 정신이 없나 보오."

"괜찮아요. 난 신경 쓰지 않으셔도……."

단목영은 실제로 신경 쓰지 않았다. 단목영은 설공현을 바라보며 다른 고민을 하고 있었다.

설공현은 다시 미소 지으며 말했다.

"부인은 내게 뭔가 할 말이 있어서 찾아온 것이오?"

실은 단목영이 고민하던 내용이 그것이다. 자신이 왜 이곳을 찾아왔는지, 그 이유.

"별달리… 할 말은 없어요. 단지……."

단목영은 잠시 고민했다.

"그저… 당신이 상심하지 않았으면 좋겠다고… 그렇게 생각해서 찾아왔을 뿐이에요."

그렇게 말하며 단목영은 고개를 가로저었다.

곰곰이 생각해 봤지만 자신이 찾아온 이유는 그뿐이었다. 한심한 이유다. 자신이 찾아온다 해서 설공현의 상심이 사라질 리가 없지 않는가?

"날 위로해 주기 위해 오셨구려. 고맙소."

단목영은 설공현의 말을 듣고서야 떠올렸다. 자신이 설공현에게 하고자 했던 것. 그것을 이르는 말이 바로 '위로'라는 것을.

"하지만 전 아무런 도움도 되지 못했는걸요."

"부인이 그렇게 생각해 주는 것만으로 큰 위안이 된다오. 부인은… 내게 남은 유일한 가족이니 말이오."

단목영이 고개를 들었다.

설공현은 웃고 있었다. 방금 전의 어두움이 조금이나마 사라진, 방금 전보다 훨씬 미소다워 보이는 미소였다.

"힘들고 어려운 일이 있다면 서로 털어놓고, 함께 헤쳐 나가는 것. 서로 위로해 주고 아껴주는 것. 어떤 일이 있어도 마지막까지 서로의 편이 되어주는 것. 목영아, 가족이란 바로 그런 것이다."

단목영은 문득 누군가의 목소리를 떠올렸다. 그가 자신을 바라보던 자애로운 눈빛과 자신의 머리를 쓰다듬던 따뜻한 손길도 기억났다.

완전히 잊어버린 줄만 알았던 여러 가지 기억들이 떠올라 단목영은 잠시 그 기억 속에 빠져들었다.

"내가 쓸데없는 얘길 한 것 같구려. 신경 쓰지 말고 그냥 잊어버리시오."

단목영이 아무런 대답을 하지 않자 설공현은 이내 고개를 저으며 몸을 일으켰다.

순간의 기분에 취해 자신이 좋을 대로 말을 했다. 단목영의 기분을 생각했어야 했는데…….

지금의 설공현과 단목영은 가족이라기엔 너무 먼 사이다.

"그렇지 않습니다."

단목영의 목소리가 들려왔다.

설공현이 단목영을 바라보았다.

"무엇이 말이오?"

"방금 전의 이야기가… 쓸데없는 이야기가 아니라는 말입니다."

단목영은 묘한 느낌에 휩싸인 채 설공현을 바라보고 있었다.

설공현은 자신을 가족이라 말했다. 자신이 그동안 설공현에게 그처럼 냉랭했는데도 그렇게 말해주었다. 단순한 인사치레인지, 가족을 잃은 상심이 그만큼 큰 것인지 단목영은 알 수 없었다.

하지만 단목영은 적어도 오늘만은 자신이 설공현의 가족으로서 설공현을 위로해 주어야 할 것 같은 느낌을 받고 있었다. 무조건 그렇게 해야만 할 것 같은, 알 수 없는 책임감.

점점 잊혀져만 가고 있었던 한 사람의 모습과 목소리를 떠올리게 해준 고마움 때문인 것일까? 단목영은 그럴지도 모른다고 생각하며 입을 열었다.

"난… 당신이 지금처럼 괴롭지 않길 바라요. 제가… 당신의 아내인 제가 당신의 괴로움을 위로해 준다면 당신이 조금 더 편해질 수 있을까요? 당신이 괴로워하는 이유, 내게 말해 줄 수 있나요?"

설공현은 단목영을 돌아보았다. 그 눈에 놀라움이 어려 있다.

뜻밖이었다. 단목영이 자신에게 이런 말을 할 것이라고는 지금껏 상상해 보지 못했었다.

단목영의 눈이 설공현을 바라보고 있었다. 뭐가 어떻게 된 것인지 알 수 없었지만 그 눈에는 알 수 없는 간절함이 엿보였다.

설공현은 가슴이 동하는 것을 느꼈다.

그 모습이 설공현의 눈에 비할 데가 없을 만큼 아름다워 보였기 때문이다. 마치 순수한 백합과 같은, 범접하기 어려운 아름다움이다.

설공현은 잠시 단목영의 모습을 멍하게 바라보았다.

"난… 서출(庶出)이라오."

설공현은 머뭇거리며 말했다. 왠지 단목영의 말을 거절할 마음이 들지 않았다. 그녀의 말이 절대적인 무엇인 것처럼 여겨졌다.

지금의 머뭇거림은 단지 무엇부터 말해야 할지에 대한 고민일 뿐이었다. 설공현은 잠시 머릿속을 맴도는 기억을 정리하고는 천천히 밖으로 풀어내기 시작했다.

"내 친어머니는… 술집에서 일하시는 분이었소. 과거 젊은 시절 외유하던 아버지를 만나 나를 가지셨다고 하오. 내 친어머니는 아름다우셨지만 사납고, 욕심 많은 분이셨다오."

설공현은 잠시 말을 쉬었다. 오랜 기억이 머릿속에 떠오르기 시작했다. 정신이 맑아지고 말투가 차분해진다.

"아버지는 그 뒤로 어머니를 찾지 않으셨고, 어머니는 나를 낳아 키우다가 내 나이 열세 살이 되던 해에 돌아가셨소. 난 거지가 되어 세상을 떠돌았다오. 그러던 어느 날 아버지가 날 찾아왔소. 난 그분이 내 아버진 줄도 몰랐소. 첫 만남에 아버진 단지 내게 좀 더 떳떳하고 당당한 삶을 살길 원하느냐고 물어보셨고 난 그렇다고 대답했소. 단지 그뿐이오. 아버지는 그처럼 무뚝뚝한 분이셨소. 아버진 나를 녹양방으로 데려오셨고 난 그로부터 얼마 뒤에야 날 데려온 이가 내 아버지임을 알 수 있었소. 아버지는 어미니를 버렸지만 난 아버지를 원망하지 않았소. 사실 내가 기억하는 어머니의 모습은 그다지 훌륭한 분은 아니셨으니까. 훗날 들었는데 어머니는 나를 빌미로 아버지께 많은 돈을 요구했지만 거절당했다고 하오. 어쨌든 이후 녹양방의 생활은 행복했소. 녹양방에는 없는 것이 없었지. 먹을 것과 입을 것, 마음 편히 잠잘 수 있는 집, 나는 그것만으로도 만족했을 것이오. 하지만 녹양방에는 그것 외에도 내가 감히 상상하지도 못했던 두 가지가 있었소. 내가 녹양방에 온 것을 가장 기쁘게 만들었던 그들… 바로 내 동생과 어머니였소."

"어머니… 라고요?"

단목영이 낮게 중얼거렸다. 설공현이 고개를 끄덕였다.

"녹양방의 안주인인 아버지의 아내, 내 동생을 낳아준 분으로 내게는 새어머니지요. 동생과 어머니는 내게 잘해주셨소. 특히 새어머니는 내 원래 어머니보다 훨씬 현명하고 선한 분이셨다오. 그분은 친아들이 아닌 나를 대함에 그분의 친아들인 동생과 어떤 차별도 보여주지 않았소. 녹양방에서 나는 난생처음으로 가족의 따뜻함을 직접 느낄 수 있었소."

단목영은 설공현이 말한 가족이라는 말에 왠지 마음이 움직이는 것을 느꼈다. 아련한 뭔가를 바라보는 듯한 설공현의 표정을 보며 단목영은 아마 방금 전 설공현이 자신과 비슷한 감정을 느꼈으리란 생각을 했다.

"하지만 세월이란 것은 잔인하다오. 시간이 흐르면서 우리의 관계는 조금씩 변해갔소. 동생은 점차 나를 피하기 시작했소. 어머니 또한 동생과 나의 관계가 멀어짐에 따라 나와 멀어져 갔소. 단지 아버지만이 나와 가까웠는데 정확히는 내가 아버지와 가까웠기 때문에 동생이 나를 피하게 된 것임을 나는 알고 있었소. 아버지는 이상하게 나에게 엄하셨소. 어린 시절에는 그것이 날 싫어해서라 여겼지만 커가면서 그렇지 않다는 것을 알게 되었소. 아버지는 나를 후계자로 생각했던 것이오. 원래 아버지의 아들로서 살아왔던 동생이 아니라, 서출의 후계자이고 오랜 시간을 거리에서 굴러먹었던 나를 말이오. 난 아버지의 기대가 부담되었지만 한편으로는 고마웠소. 주위의 반대에도 불구하고 날 두둔했던 것은 그만큼 아버지가 나를 아낀다는 증거였으니 말이오."

설공현의 표정이 조금 어두워졌다.

"사실 난 그런 것 따윈 상관없었소. 녹양방의 방주라는 자리에 난 별다른 애착이 없었지. 아버지에 대한 고마움과 의무감에 차마 말하지 못했을 뿐 난 오히려 그런 자리가 부담스럽고 싫기만 했다오. 그래서 이해하지 못했소. 나와 달랐던 동생을 말이오. 동생이 나에게 보이던 질투심이나 상실감 같은 것, 오히려 난 이런 것에 집착하는 동생을 한심하게 여겼었소. 돌이켜 보면 한심한 것은 나였소. 애초 되기 싫었던 녹양방의 방주 따위 그냥 하기 싫다 말했었다면 이후에 그와 같은 일도 없었을 것을……."

설공현은 깊은 한숨을 내쉬었다.

"아버지가 내게 자주 하셨던 말씀이 있소. '네 하고 싶은 바도 똑바로 알고 행하지 못하는 바보 같은 놈'. 내가 그랬소. 난 내 하고 싶은 바가 아니면서도 그런 내 의견을 명확하게 말한 적이 없었소. 그리고 그것이 모두를 불행으로 이끌었소. 내가 스물다섯 살이 되던 해 아버지는 나와 내 동생을 불러 말씀하셨소. 내가 다음 방주가 될 것이라고 말이오. 그리고 얼마 뒤 자객이 들어 아버지를 살해했소. 그리고 내 두 살난 아이와 아내도 살해되었소. 동생의 짓이었소. 동생은 나 역시 살해하려고 했지만 실패했소. 어머니께서 동생이 꾸미는 일을 눈치 채고 나를 피신시켰기 때문이오. 어머니께선 울면서 내게 비셨소. 다시는 돌아오지 말라고, 돌아와서 남은 두 명의 자식마저 서로를 죽이려 하는 모습을 당신께 보여 드리지 말라고 하셨소."

단목영은 문득 근래 매일같이 들었던 누군가의 말을 떠올렸다.

"살려서는 안 되었어. 그냥 죽게 내버려 뒀어야 했어."

"난 일 년간 강호를 떠돌았소. 마치 거지와도 같은 모양새였을 것이오. 생각이 정리되지 않았소. 뭘 어떻게 해야 할지 알 수 없었소. 동생이 잘못했다는 것은 누구나 알 수 있는 분명한 사실이었소. 하지만 난 동생을 단죄할 능력도, 의지도 없었소. 눈을 감으면 아버지와 아내, 자식의 비참한 죽음이 떠올랐지만 눈을 뜨고 그에 대한 복수를 다짐하려 들면 어머니의 슬퍼할 모습이 아른거렸소. 어린 시절 느닷없이 나타나 형이 된 나를 그토록 잘 따랐던 동생의 모습과 친어머니보다 나를 더 아껴주었던 어머니의 모습이 자꾸 떠올랐소. 결국 시간이 지나며 내린 결론은 내가 동생을 해칠 수 없다는 것이었소. 이런 자신이 한심했소. 아버지에게 죄송하고, 세상에 얼굴을 들 수 없었소."

설공현은 그 당시의 고통을 떠올리는 듯 괴로운 표정을 짓고 있었다.

"그렇게 부랑자처럼 떠돌던 어느 날 한 사람을 만났소. 사람을 피하던 나였지만 그 사람만은 왠지 모르게 마음에 들었소. 그 사람도 나를 마음에 들어했고, 우린 한동안 동행하였소. 왠지 모르게 알 수 있었소. 그 사람도 나처럼 큰 고민을 안고 있고, 그것을 해결하지 못해 고통스러워하고 있다는 것을 말이오. 서로가 비슷하다는 것을 알았기 때문에 우린 쉽게 친해졌을 것이오. 그럼에도 우린 서로가 고통스러워하는 그 이유에 대해서 묻지 않았소. 아마 그 일이 없었다면… 그와 난 그렇게 서로에 대해 아무것도 알지 못한 채 언젠가 헤어졌을 거요."

설공현은 눈매를 살짝 찡그리곤 허공을 바라보았다.

"만약이란 것은 참 공허한 단어요. 그것을 잘 알기에, 되도록 떠올리려 하지 않지만 그럼에도 난 자꾸 그 말을 떠올리고 마는구려. 만약, 그 사내를 만나지 않았다면, 만약, 하필이면 그 사내와 함께 있을 때 그자들, 녹양방의 원로들이 날 찾아오지 않았더라면……."

설공현은 가볍게 한숨을 내쉬었다.

"어떻게 찾은 것인지 모르지만 어느 날 녹양방의 원로들 몇 명이 날 찾았소. 날 포섭하려는 것이었소. 그들은 동생이 방을 다스리는 방식에 불만을 갖고 있었소. 동생은 힘을 통해 방을 틀어쥐고, 자신의 의견에 반하는 자들을 잔인하게 벌하는 것을 즐긴다 했소. 원래 그처럼 모진 동생이 아니었기에 난 동생이 자신이 불러일으킨 죄책감에 서서히 망가져 가고 있다는 사실을 알 수 있었소. 바로 나처럼 말이오. 돌이켜 보면 그때 돌아갔어야 했소. 원로들이 힘을 빌려준다면 적으나마 희망이 있었을 테니까. 하지만 난 여전히 아무것도 하지 않았소. 난 굳이 나여야 하는 이유를 알 수 없었소. 엉망이 되어버렸다는 녹양방을 책임지기 위해 동생을 해쳐야 하는 것이 말이오. 난 그렇게까지 하고 싶지 않았소. 하지만 재미있는 것은… 난 그러면서도 그렇게 되어야 한다고는 생각했다는 것이오. 난 동생을 이처럼 내버려 둬선 안 된다고 여겼고,

아버지가 일군 녹양방이 무너지도록 내버려 둬서도 안 된다고 여겼소. 난 다른 사람이, 누군가 날 대신해 동생을 단죄해 주길 바랐고 누군가 날 대신해 방을 이끌어 아버지의 유지를 이어주길 바랐소. 결국… 그 일은 내가 아닌 다른 사람의 손에 마무리가 되었소. 내 원대로 되었다고 할 수 있겠지만 난 그것에 기뻐할 수 없었다오."

설공현은 잠시 감정을 추스르는 듯 말을 멈췄다.

"얼마 뒤 나를 설득할 수 없음을 깨달은 방의 원로들이 떠났을 때, 난 나와 동행하던 사내가 그들과 함께 떠난 것을 알 수 있었소. 그것이 불안했소. 그자를 가깝게 느꼈던 만큼 그자가 이처럼 말없이 떠날 사람이 아니란 것을 알 수 있었으니까. 그자가 떠난 것은 분명 나와 관계가 있으리란 생각이 들었소. 난 곧바로 녹양방으로 돌아왔소. 난 그자가 하려는 일을 짐작할 수 있었고, 그래서 그자가 걱정되었소. 그리고 내가 돌아왔을 땐, 모든 것이 마무리된 뒤였다오."

설공현의 시선이 허공을 향했다.

"난 나와 함께했던 그자에 대해 아무것도 몰랐다는 사실을 그때 깨달았소. 그리고 내가 사는 세상이 얼마나 좁고 편협했던 것인지도 깨달았다오. 난 세상에 그와 같은 사람이 있으리라 생각하지 못했소. 그는 홀로 녹양방 안으로 들어갔다고 하오. 지켜보는 이들이 뭘 깨닫기도 전에 그는 녹양방의 절반을 가로질러 갔소. 그 걸음이 너무 당당하여 아무도 그가 외인임을 몰랐던 것이오. 처음 그를 막고자 했던 방도가 살해된 뒤에야 다른 방도들은 상황을 파악했소. 하지만 바뀐 것은 없었소. 가로막는 자들을 베어 넘기며, 그는 그대로 녹양방 안으로 전진했다고 하오. 그의 무위는 너무도 대단하여 얼마가 지나자 아무도 그의 앞을 가로막으려 들지 못했소. 그는 그렇게 거침없이 녹양방의 깊은 곳까지 들어가 동생의 목을 베었소. 난… 그 모든 일이 마무리된 그 뒤에야 녹양방에 도착했소."

설공현의 시선이 어지럽게 흔들렸다.

설공현은 마치 자신의 눈앞에 그때 그 장면이 펼쳐진 듯한 착각을 느끼고 있었다.

오래전의 일임에도 그 당시 보았던 광경은 마치 지금 눈앞에 펼쳐진 광경처럼 또렷하게 떠올랐다.

늘어선 녹양방도들과 그들이 머금고 있던 공포에 질린 표정들, 그들이 멀찍이서 에워싸고 있던 광장 한가운데에 서 있던 한 사내와 그 아래에 쓰러져 죽어 있던 동생의 모습.

하지만 무엇보다도, 자신이 다가갔을 때 사내가 보였던, 너무도 공허하고 허탈했던 그 표정.

"당신에게 미안하오. 난 큰 착각을 하고 있었소. 이것은… 남이 대신 해줄 수 있는 것이 아니오. 난 이제야… 그것을 깨달았소."

사내의 두서없는 말을 설공현은 이해할 수 있었다. 눈앞의 광경을 통해 설공현도 알 수 있었기 때문이다.

동생과 자신의 일이었다.

이 모든 것이 말이다.

아비와 가족을 살해한 원한도, 그리고 가족으로서의 애정도…….

그 원한을 자신들과 무관한 삼자의 선택에 맡겨 버림으로써 자신은 이제 평생 동생에게 맺힌 응어리를 풀어낼 수 없게 되었다.

동생의 차디찬 시신이 보였다. 그 시신이 말해주었다. 자신과 동생이 서로를 이해하거나 용서할 수 있는 기회를 영영 잃고 말았음을.

아마 자신은 그때, 그 사내와 똑같은 얼굴을 하고 있었을 것이다.

"…그자는 내게 사과했소. 자신의 잘못이라 말하면서… 난 내가 원했던 그대로의 결과임에도 눈앞의 광경에 분노했소. 그래서 그의 목숨을 끊었소. 그는 아무 저항도 하지 않았소."

설공현은 고개를 저었다.

"그것은… 그만의 잘못은 아니었소. 하지만 분명히 그의 잘못이었소. 나와 그자는 동시에 잘못 생각한 것이오. 누군가가 자신의 짐을 덜어주었으면 좋겠다고… 내가 해야 할 결정마저 대신해 주었으면 좋겠다고… 그것이 결코 남이 해주어서는 안 되는 일임에도 불구하고 말이오. 난 죽은 동생을 보고서야 깨달았소. 내가 가장 아끼고 사랑했던 것이 무엇이었는지를 말이오. 그것은 내 가족이었소. 누군가에게는 너무나도 당연하게 존재하는 그것이 나에게는 무엇보다 소중했던 것이오. 어려서 죽 혼자였기 때문인지도, 외롭고 힘들었던 어린 시절과 비교해 녹양방에서 가족들과 함께 했던 시절이 더 행복하게 느껴졌기 때문인지도 모르오. 어쨌든 그동안 난 내 결정으로 인해 내가 아끼는 그 가족이란 결속의 마지막 남은 연결 고리마저 부서질까 겁났던 것이오. 난 그제야 또한 내가 동생을 아직 가족으로 여기고 있음을, 동생을 용서하고 이해하길 원하고 있음을 깨달았소. 하지만 그땐 이미 늦어 있었지. 그때 내가 분노한 대상은 그자와 나 자신 둘 모두였소. 내 남은 모든 기회를 날려 버린 그자와 이 모든 것을 그토록 늦게야 깨달은 나 자신에게 말이오."

가슴이 답답해졌다. 그 답답함을 해소하기 위해 설공현은 말을 토해냈다. 지금 말을 멈춘다면 자신은 풀어낼 수 없는 답답함에 질식할지도 모른다.

"난 알고 있었소. 그자가 이처럼 한 것이 내 내심을… 누군가 내 대신 모든 것을 마무리 지어주길 바랐던 내 내심을 꿰뚫어 보았기 때문이란 것을 말이오. 그 뒤 그자를 죽인 것을 난 수도 없이 후회해야 했소. 결국 이 모든 것은 내 잘못인 것을……."

설공현은 그자가 그리워졌다.

비슷한 부분이 있기 때문이었을까? 그와 자신은 말하지 않은 부분들에 있어서도 서로를 이해하고 있었다. 그처럼 말하지 않고도 서로 이해해 줄 수 있는 누군가를 설공현은 이후로 두 번 다시 만나지 못했다.

"아버지의 질책은 틀리지 않았소. 나는 내 하고 싶은 바도 똑바로 알고 행하지 못했소. 그것이 모든 것을 망쳐 버렸소. 어머니는 그런 사실을 꿰뚫어 보신 것이오. 내가 모든 것을 망쳐 버렸음을……."

끓어오르던 마음이 가라앉았다.

설공현은 알고 있었다. 어차피 이 모든 것들이 자신이 짊어지고 갈 짐들이라는 것을 말이다. 이것은 누군가와 나눌 수 있는 것이 아니다.

때문에 지금의 이런 고백은 무의미했다.

"그 뒤로 나는 냉정을 연기했소. 내가 그들을 위해 할 수 있는 것은 없었고, 실수와 잘못은 그때까지 했던 것들로 족하다 여겼으니까… 더 이상 머뭇거리면서 해야 할 일도 하지 못하는 그런 바보가 되고 싶지 않았소. 난 녹양방의 방주가 되었소. 빙월철심이란 별호를 얻을 만큼 냉정하고 단호하게 매사를 처리해 왔소. 하지만 잘 모르겠소. 내가 그런 겉모습을 연기한다 해서, 내 내면마저 바뀌었는지는… 앞으로도 그렇게 해나갈 수 있을지도 모르겠소. 어머니가 돌아가셨소. 돌이킬 수 없다 생각하면서도 희망은 잃지 않았었소. 하지만 역시 어머니는 마지막까지 내게 마음을 열지 않으셨소. 부인은 지금 내 모습이 어때 보이시오? 평소와 비교해 달라진 게 없어 보인다면 좋겠는데… 부인이 그렇게 봐주었다면 조금은 안심할 수 있을 것 같소."

어린 시절 친어머니가 죽고 홀로 세상에 던져졌을 때 느꼈던 그 느낌이 떠올랐다. 생각해 보면 이런 상황은 이전에 겪어본 것이 아니던가? 지금의 괴로움은 예전에 비해 자신이 나약해진 결과인지도 모른다는 생각이 들었다. 아마 그럴 것이다.

"아니, 당신은 슬퍼 보여요. 괴로워 보이고……."

단목영이 대답했다. 설공현은 의아한 눈으로 단목영을 바라보았다.

상심한 자신에게, 설사 거짓이라도 원하는 대답 정도는 해줄 수 없었는가?

"그러니 계속 마음 놓고 냉정을 연기하세요. 당신이 감추고 숨기더라도 나만은… 당신을 이해해 줄 테니까요. 그러니… 외로워하지 마세요."

설공현은 잠시 아무 말도 할 수 없었다.

알 수 있었기 때문이다. 단목영이 자신을 찾아와 이처럼 위로해 주려 했던 호의가, 지금 단목영이 해주었던 말이 자신이 진정 바랐던 것이었음을 말이다.

방금 전 단목영의 말에서 깨달을 수 있었다.

자신은 외롭고 싶지 않았다.

이 모든 고통을 한 번에 치료해 줄 마법을 원한 것이 아니다. 자신은 이 모든 아픔들을 단지 이해해 줄 수 있는 누군가를 원했다.

자신이 원한 것은, 단지 그것뿐이었다.

단목영은 자신을 바라보는 설공현을 마주 바라보며 방금 전부터 느껴지던 묘한 느낌을 생각하고 있었다.

그것은 안타까움이었다. 묘한 향수가 느껴지는 안타까움. 단목영은 그 향수가 어디에서 오는 것인지 알 수 있었다.

설공현은 단목영의 아버지를 떠올리게 했다. 설공현은 아버지를 닮아 있었다.

단목영은 아버지를 좋아했다. 자신에게 처음으로 꾸밈없는 애정을 보여줬던, 가족에 대해, 그 끊을 수 없는 굴레에 대한 소중함을 가르쳐 주었던 아버지는 단목영에게 세상 무엇보다 특별한 존재였다.

아버지가 떠날 때 보였던 괴로움은 자신 때문이라 생각했다. 아버지는 어머니를 아끼고, 자신을 아끼기에 자신들을 떠날 수밖에 없다고 말했다.

단목영은 그 자세한 내용은 이해하지 못했지만 그때 말한 아버지의 진심은 이해할 수 있었다.

아버지는 이처럼 우릴 떠날 수밖에 없었던 것에 후회하고 있을 것이다. 어쩔 수 없는 상황이었다 해도 아버지로서 남편으로서 다하지 못한 자신의 책임을 미안해하고 있을 것이다. 자신이 아버지를 찾았던 이유는 바로 그것이다.

아버지가 후회로 남은 생을 살지 않길 원했다. 그들 가족이 책임이 아버지에게 있지 않다고 말해주고 싶었다.

자신은 아버지의 모습을 안타까워하고 동정하고 있었다.

단목영은 깨달았다. 그래, 아버지에 대한 미련이었다. 아버지가 가르쳐 주었던 가족에 대한 미련이 자신을 떠나지 못하게 만들었던 것이다.

자신은 아버지를 닮아 있었다.

설공현은 아버지를 닮아 있었다.

단목영은 처음으로 설공현을 동정했다.

단목영은 처음으로 자기 자신을 동정했다.

변화(變化) 1

"뭐 하고 있는 건가요?"

진원명은 퍼뜩 정신을 차렸다. 돌아보니 자신의 곁에 아민이 서 있었다.

조금 놀랐다. 언제 다가온 것이지?

툭. 털썩.

"아야."

진원명은 돌부리에 걸려서 주저앉았다. 이해할 수 없는 표정으로 진원명은 방금 다리가 걸린 돌부리를 바라보았다.

자신은 방금 전 분명 앉아서 쉬고 있었다. 한데 저 돌부리는 대체 어디서 나왔으며 왜 거기에 자신이 걸린 것인가?

그러고 보니 주변의 모습이 낯설었다.

지금 여기는 이디인 것이지?

"여기가… 어디지?"

진원명이 주변을 두리번거리며 물었다. 아민이 고개를 갸웃거렸다.

"그것을 왜 내게 묻는 것이죠?"

"그러니까… 그게… 내가 방금 전까지 무엇을 하고 있었던 것인지 말해줄 수 있어? 잘 기억이 나질 않아서 말이야."

진원명이 고민하며 말했다. 아민이 의아한 표정으로 바라본다.

"당신은… 아무 생각 없이 이처럼 걸어온 것인가요?"

진원명이 당황했다.

"내가 걸어왔다고?"

"아까 전 소저 일행을 배웅하고 진 공자는 느린 걸음으로 한참 동안 전 소저가 향한 방향을 쫓아갔습니다."

자신이 단목영을 쫓았다는 것인가? 무엇 때문에?

"…음, 어쨌든 알겠어."

진원명은 이해할 수 없었지만 대충 납득했다. 요즘 이처럼 멍할 때가 가끔 있었다.

그렇다지만 방금 전과 풍경이 전혀 다른 것을 보니 상당히 오래 걸어온 듯한데 전혀 의식을 하지 못한 것은 좀 심한 듯했다.

"어쨌든 이만 돌아가지."

진원명이 그렇게 말하고는 주변을 둘러보았다. 아마도 자신이 향하던 반대 방향이 원래 자신들이 쉬던 방향인 듯했다.

아민을 돌아보니 아민은 조용한 눈으로 진원명을 지그시 바라보고 있었다. 진원명의 시선을 느낀 아민이 이내 고개를 살짝 가로저었다.

"그전에 물어볼 것이 하나 있어요."

"물어볼 것?"

아민의 말에 진원명이 의아한 듯 되물었다. 아민이 고개를 끄덕이며 말했다.

"연 기주가 말하더군요. 도련님이 내게 궁금해하는 것이 있다고……."

오랜만에 듣는 도련님이란 호칭에 신경 쓰던 진원명이 조금 뒤늦게 놀라며 말했다.

"연 기주가 그렇게 말했어?"

"네, 도련님이 이곳에 위험을 감수하며 와 있는 이유가 다름 아닌 나 때문이라고요."

'쓸데없는 소릴…….'

진원명은 내심 그렇게 중얼거리다가 이내 고개를 갸웃거렸다.

"하긴, 생각해 보면 굳이 길게 끌 필요는 없는 문제지."

생각해 보면 굳이 뒤로 미룰 이유가 없는 일이었다.

아까 전은 그런 식으로 아민을 만나리란 예상을 못해 당황했던 데다 상황도 여의치 못했지만 지금은 그런 것도 아니지 않은가?

"연 기주가 말한 게 사실인가요?"

진원명은 아민을 바라보고는 고개를 끄덕였다.

"그래, 난 네게 물어볼 것이 있어서 이곳에 왔어."

"그게 뭐죠?"

진원명은 잠시 고민했다. 넓은 평원 위에서 두 사람은 잠시 조용히 서 있었다.

진원명의 입이 열렸다. 바람이 불어왔다. 그 바람은 진원명과 아민을 차례로 스쳐 가며 진원명의 대답을 실어 날랐다.

"왜 지난 일 년간 나의 장원에서 머무른 거지?"

아민 또한 잠시 고민했다. 아마 진원명에게 어디까지 이야기해야 할지 고민하는 듯했다.

"도련님도 경험해 보아서 알 거예요."

아민의 말에 진원명이 의아한 표정을 지었다. 무엇을 말하는 것인가?

"그들이 주군을 노리기 위해 절 노리려 했다는 것을 말입니다."

아민의 말이 이어지자 그제야 진원명도 알 수 있었다. 무민은 과거 아민이 붙잡혔을 때, 자신의 신병을 넘겨 아민을 구하려 했었다.

"전 주군의 명에 의해 그들을 피해왔어요. 진가장은 그들을 시선을 피해 숨어 있기에 제법 좋은 장소로 보였으니까요."

대답하는 아민의 표정은 담담해 보였다.

아민의 말은 정말인 것일까? 진원명은 그 진위를 판단하기 어려웠다.

진원명은 고개를 저으며 다시 질문했다.

"그날 그렇게 떠나 버린 것은… 원래 그렇게 계획된 것이었어?"

"무슨 말이죠?"

아민이 이해되지 않는다는 듯 물었다. 진원명이 다시 질문했다.

"왜 우리 장원을… 습격하지 않은 거야?"

갑자기 아민의 표정이 굳어졌다.

"누가 그런 소릴 했죠?"

"무슨 소리?"

"우리가 도련님의 장원을 습격한다는 소리요. 설마, 그 애가……."

"그 애?"

아민은 고개를 저었다.

"…아니에요. 도련님의 말은 무슨 말인지 모르겠어요. 누가 도련님의 장원을 습격한다는 것인지……."

진원명이 눈살을 찌푸렸다.

"네 동료들이 폐가촌에 많이 머물고 있던 것을 알고 있었어."

"폐가촌에… 사람이 모이는 것을 알고 있었나요?"

진원명이 고개를 끄덕였다. 아민은 왠지 안심한 표정으로 말했다.

"알다시피 주군이 납치되었어요. 그들은 그에 대한 대책을 세우기 위해 나와 가까운 곳에 집결했을 뿐이에요. 단지 그뿐이에요."

진원명은 아민이 뭔가를 숨기고 있다는 느낌을 받았다. 하지만 깊게 파고들 생각은 없었다.

이제 아민에게 가장 묻고 싶었던 한 가지만이 남았다. 이 질문이 끝난다면 과연 자신은 아민에 대한 미련을 모두 정리할 수 있을까?

진원명은 잠시 말을 골랐다.

"아민, 네가 원하는 것이 뭔지 알고 싶어."

"내가 원하는 것이라고요?"

"그러니까… 지금의 이런 삶이… 네가 정말 원하던 것인지를 묻는 것이야."

아민은 잠시 고민했다. 그리고는 왠지 차가운 시선으로 진원명을 바라보았다.

"도련님, 당신은 왜 내게 이런 것을 묻는 것이죠?"

진원명은 조금 당황했다.

아민의 태도나 어조가 지금까지와 다르게 날카로웠기 때문이다.

"그것은……."

진원명이 망설이자 아민이 이어서 말했다.

"세상에 자기가 원하는 일만 하고 사는 사람은 없을 거예요. 저 역시 마찬가지죠. 저는 단지, 시간이 흘렀을 때 제가 가장 후회하지 않을 길을 택해 걷고 있다고 생각해요."

진원명의 얼굴이 일그러졌다. 가장 후회하지 않을 길, 그것으로 충분한 것인가?

"그렇다면 네가 장원을 떠나기 전에 했던 말은… 그 말은 무엇이었지?"

진원명의 말에 아민의 의아한 표정을 지었다.

"무엇을 말하는 것이죠?"

"내가 네게 이곳에 남아달라 말했을 때 넌 그때……."

"네, 생각나는군요. 그것이 제가 원하는 것이라고 그렇게 말했었던 것 같아요."

진원명의 말이 끝나기 전에 아민이 생각났다는 듯 고개를 끄덕이며 말했다.

"하지만 사람의 마음은 항상 변하는 것이죠. 어떤 사람도 예외는 없는 듯해요. 왠지 정말 변할 것 같지 않은… 그냥 그렇게 느껴졌던 당신도 지금은 변했지 않나요?"

아민이 묘한 눈으로 진원명을 바라보았다. 진원명이 중얼거렸다.

"그게 무슨 말⋯⋯."

"지금 저는 단 한 가지만 생각하고 있어요. 주군을 구해야 한다는 것. 그것만으로도 충분히 벅찬 일이고 저는 그 밖에 다른 것에는 그다지 관심을 두고 싶지 않군요."

진원명은 문득 아민의 맨얼굴이 보고 싶어졌다.

아민과 자신은 지금 둘 다 가면을 쓴 채 마주 보고 있었다. 진원명은 그녀의 진실한 얼굴을 바라보고 싶어졌다.

"그를 좋아하기 때문에?"

진원명의 말에 아민이 놀란 얼굴을 했다.

"무슨⋯⋯."

"연 기주가 알려줬어."

진원명이 그렇게 말했다. 아민은 조금 당혹스러운 듯한 표정으로 말했다.

"참으로 입이 싼 작자로군요. 그래, 연 기주의 말이 맞아요. 제가 주군을 구하려 하는 것에는⋯ 그런 이유도 있을 거예요."

진원명은 아련한 고통이 자신의 가슴을 휘감는 것을 느꼈다.

아민은 진원명의 시선을 피하며 말했다.

"더 물어볼 것이 있나요?"

문득 진원명은 예전 익숙한 느낌을 주었던 하녀를 떠올렸다.

"꽤 오래전부터 유원협의 장원에 잠입한 것 같은데… 혹시 내가… 이곳에 있는 것을 알고 있었어?"

"보고를 들었어요."

아민이 고개를 끄덕였다.

"그럼, 변장한 나를 본 적이 있었어?"

"…네."

진원명은 허탈한 한숨을 내쉬었다. 자신을 곁에서 보고 지나치면서 한 번도 자신에게 말을 걸거나 아민 그녀의 존재를 알릴 생각을 하지 않았던 것인가?

"그래, 질문은 이제 끝이야."

진원명은 왠지 힘이 빠지는 것을 느끼며 말했다. 아민이 여전히 진원명을 바라보지 않은 채 말했다.

"그럼 이제 돌아갈 건가요?"

"뭐라고?"

"제게 물어볼 것이 있어 이곳에 왔다고 하지 않았나요? 이제 의문을 풀었으면 돌아가야 하는 것 아닌가요?"

진원명이 고개를 저었다. 자신의 볼일이 끝났다 하지만 아민의 일은 채 마무리되지 않았다. 자신은 이들을 마지막까지 도운 뒤에 돌아갈 생각이었다.

"그렇지만… 아직 너희의 일이 끝나지 않았잖아. 모든 일이 다 잘 끝난다면 그때 돌아가도 늦지 않을 거야."

"노련님은 뭔가 착각하고 계시는군요."

아민의 차가운 목소리가 들려왔다.

"뭐?"

"도련님의 무공이 뛰어나다 해서, 우리가 도련님의 도움을 기대한다고 생각하시나요?"

아민의 눈이 진원명을 향하고 있었다. 명백한 질책의 의미를 담고.

"우리는 외부에 존재를 알리고 싶어하지 않습니다. 비밀을 유지하는 것, 그것이 우리에게 있어 가장 중요한 일이죠. 그런 의미에서 도련님, 아니, 진 소협은 우리에게 있어 오히려 경계해야 할 대상입니다."

진원명은 멍한 표정으로 아민을 바라보았다. 자신은 이와 같은 경우를 상상해 보지 못했다.

"진 소협과 함께한다면 우리는 안과 밖을 동시에 경계해야 합니다. 무척 힘든 일이죠. 게다가 이것은 외부인에게 맡기기 어려운, 우리가 직접 처리해야 할 일입니다. 모쪼록 청하건대, 이제 장원으로 돌아가 우리와는 더 이상 관여하지 말아주세요."

진원명은 알 수 있었다. 이것은 명백한 축객령이다. 진원명은 머뭇거리며 말했다.

"나는… 단순히 호의에서 도와주려 한 것뿐이야."

"그게 오히려 방해가 된다면 호의의 의미가 사라지지 않겠습니까?"

진원명은 잠시 아민을 바라보다가 이내 고개를 끄덕였다.

더 할 말이 떠오르지 않았다. 자신이 방해가 된다면 굳이 이곳에 더 남아 있을 이유가 없다.

진원명이 고개를 끄덕이자 그제야 아민의 굳은 표정이 풀어졌다. 그 고갯짓의 의미가 아민의 말을 따르겠다는 것임을 알아본 것이리라.

"그럼 전 가보겠어요."

아민은 곧바로 작별을 고했다. 진원명이 고개를 끄덕였다.

"…잘 가. 그리고… 하는 일이 잘되길… 바라겠어."

"고마워요. 진 소협께서도 장원에 돌아가시면 이제 더 이상 이런 위험한 일에 관여하지 말길 바라요. 진 소협의 무공이라면 아마 얼마 지나지 않아 세상 모든 이가 부러워할 명성과 존경을 얻으실 수 있을 거예요."

아민은 떠났다. 진원명은 허무한 표정으로 떠나는 아민의 뒷모습을 바라보았다.

"애초에 이럴 거면 왜 이 고생을 해서 만났담."

아민이 시야에서 사라진 지도 한참이 지났을 때 진원명은 비로소 중얼거렸다.

진원명은 헛웃음을 지었다. 슬플 것이라 생각한 것과 달리 왠지 후련한 감정이 느껴지는 듯했기 때문이다. 이런 감정을 시원섭섭하다고 하는 것이겠지.

이제 자신은 과거와 연결되어 있던 마지막 사슬을 풀어낸 듯했다. 이제 자신은 지겨운 전생의 그늘에서 해방되었다.

진원명은 잘된 것이라고 생각했다.

이제 자신은 되도록 어떤 것에도 얽매이지 않고 자유롭게 살 것이다.

"자유인이라… 그거 참 좋군."

진원명이 중얼거렸다.

생각해 보면 지금까지 자신은 항시 좋지 않은 무언가에 얽매여서, 어렵고 답답하게만 살아왔던 것 같은 생각이 들었다.

가족의 복수와 불사귀라는 이름에 얽매이고, 과거를 바꿔야 한다는 책임감에 얽매이고, 아민에 대한 감정에 얽매였다.

얽매이는 것 자체는 나쁘지 않을지도 모르지만 얽매이는 대상이 좋지 않아 항시 세상에 떳떳하기 어려웠다.

이제 좀 남들 앞에 떳떳하고 마음 편하게 살아보고 싶었다.

문득 아민의 말이 떠올랐다.

세상 모든 이가 부러워할 명성과 존경이라. 그래, 그것도 나쁘지 않을지 모른다.

이왕 이렇게 된 것, 전생과 다르게 제대로 무공을 떨쳐 천하제일고수로 대접받는 것도 괜찮겠지.

형과 같은 방식으로 비무행이라도 나설까? 아니면 새로 문파를 하나 차릴까? 예전에 참 바쁘게만 돌아다녔던 세상을 이번에는 좀 느긋하고 즐겁게 돌아보면 재미있지 않을까? 아니면, 그냥 중원 넘어 다른 곳으로 여행해 보는 것은 어떨까? 자신이 밟아보지 못한 세상 여러 나라를 돌며 구경하는 것은 분명 재미있을 것이다.

모두가 기분 좋은 상상이었다. 자신이 이처럼 하고 싶은 것이 많았음을 진원명은 처음 느꼈다.

"그래, 모두 해보는 거다."

진원명은 중얼거렸다.

"일단은 진가장의 막내 진원명으로 돌아가고 난 뒤에 말이지."

진원명은 그렇게 말하며 얼굴에 쓰고 있던 가면을 벗었다.

걱정하고 있을 가족들의 모습이 머릿속에 그려졌다.

돌아간다면 아마도 자신은, 제법 혼이 날 것이다.

변화(變化) 2

맑은 날씨였다.

넓게 펼쳐진 관도 주변에는 별다른 나무들도 보이지 않아 한낮의 뜨거운 햇볕이 그대로 내리쬐고 있었다.

그곳을 걸으며 진원명은 고민했다. 더위에 대한 고민은 아니었다.

"그런데 한 교주와의 약속은 어쩌지."

진원명은 한유민을 생각하고 있었다. 어제 진원명은 아민과 이별한 그곳에서 노숙하고 집으로 돌아가기 위해 가까운 관도를 찾아 남행하고 있었다.

그렇게 한가하게 걸어가는 도중 문득 떠오른 것이 한유민과의 약속이었다. 무민을 돕기로 했는데… 왠지 이처럼 아무 말 없이 돌아가는 것이 마음에 걸렸다.

"자유인 선언을 너무 성급하게 내렸군."

진원명은 고민했다.

하지만 진원명은 이렇게 아민과의 일도 모두 마무리된 이상 그들과 더 관계되고 싶지 않았다.

무엇보다 한유민이 아민을 도우라 했지만 아민이 그것을 원하지 않지 않는가?

아민이 원하지 않는다면 진원명으로서도 방법이 있을 리 없다.

"뭐, 이만하면 할 만큼 했지."

진원명은 그렇게 납득하며 걸음을 계속했다.

얼마를 갔을까? 길가에 슬슬 수풀이 우거지기 시작할 때쯤 눈앞에 길을 가는 사내 두 명이 보였다. 진원명이 걸음을 빨리하여 두 사람 곁으로 따라붙었다.

"이보시오. 말 좀 물읍시다."

앞서 가던 두 사내, 이익겸과 금자방은 진원명을 흘낏 돌아 보았다.

"무슨 일이시오?"

진원명은 두 사람 모두 왠지 모르게 낯이 좀 익은 얼굴이라 생각하며 물었다.

"말씀 좀 묻겠습니다. 지금 이 길이 어디로 통하는지 알 수 있을까요?"

신원명은 어제 아민과 헤어진 그곳에서 노숙을 했었다. 자신이 원래 알던 지형도 아니었으니 진원명은 방향만 대충 알뿐 지금 걷는 길이 정확히 어디로 통하는지는 알지 못했다.

이익겸과 금자방은 처음엔 의아한 표정으로 진원명을 바라보다가 이내 한심하다는 표정으로 바꾸었다.

"자기가 걷는 길도 모른단 말이오? 이 길은 황석으로 통하는 길이라오."

"아, 그렇군요. 감사합니다."

진원명이 가볍게 포권을 취하며 그렇게 말했다.

황석까지 도착한다면 진가장이 위치한 파양까지는 뱃길로 쉽게 이동할 수 있었다.

하지만 진원명은 이번만큼은 굳이 뱃길을 이용하고 싶지 않았다. 진원명은 다시 물었다.

"내 포양호 쪽으로 가는 길인데, 혹시 가는 길에 괜찮은 볼거리나 들를 만한 괜찮은 유람지 같은 곳 아십니까?"

진원명의 질문에 두 사람의 안색이 조금 나빠졌다.

"포양호라……."

왠지 포양호에 안 좋은 기억이 있는 자들인 듯했다. 진원명이 질문을 잘못했나 후회할 때쯤 금자방이 입을 열었다.

"구강(九江)의 여산(廬山)이 볼만할 거요. 그곳 불수암(佛手岩)에서 바라보는 구름바다가 제법 절경이지."

이익겸이 고개를 저었다.

"불수암보단 백녹동서원이 더 괜찮지. 만약 가게 된다면 그곳부터 꼭 들러보시오."

이익겸의 대답에 금자방이 눈살을 살짝 찡그리며 돌아본다.

"어차피 산에 오르면 여기저기 들를 텐데 꼭 그렇게 낫고 나쁘고를 말할 필요가 있소?"

이익겸이 피식 웃는다.

"저 사람이 시간이 없어 여러 군데를 못 가볼 수도 있지 않소? 금 형은 다른 사람에 대한 배려가 부족하오."

이익겸의 말에 금자방의 눈매가 움찔하다가 이내 이익겸을 따라 미소 지어졌다.

"허, 그거야 이 형의 말이 맞을 때 얘기고, 백녹동 서원은 유생들이나 과거의 시인이 어쩌고 하면서 찾는 곳이지 우리 같은 보통 사람들에게는 동네 뒷산과 다를 바 없는, 아무 볼 것도 없는 곳이 아니오."

"저 형이 글줄 배우는 유생인지도 모르잖소."

"아니라면 어쩌겠소?"

두 사람은 서로 싸우기 시작했다. 같이 다니는 것치곤 상당히 사이가 좋지 않은 모양이다.

진원명이 중재하며 다시 물었다.

"시간이 어찌 될지 모르지만 시간이 된다면 두 군데 모두

들르도록 하죠. 그보다 여기에서 황석까지 거리가 얼마나 되는시 알 수 있을까요?"

두 사람은 다툼을 멈추고 서로 흘낏 노려보았다. 이익겸이 진원명을 바라보고 대답했다.

"악주에서 백 리 길이니 아마 오십 리 정도 남았을 거요."

진원명이 반갑다는 듯 말했다.

"두 분도 악주에서 오신 모양이군요."

"그렇소. 내 저 사람 말을 믿고 악주에 가서 고생만 하다 왔죠."

이익겸이 투덜대자 금자방도 가만있지 않았다.

"그게 다 이 형이 꾸물거린 덕인데 누굴 탓하시오?"

"내가 꾸물대지 않았더라도 늦었을 것이오. 애초 금 형이 때늦은 정보를 철석같이 믿고 먼 길을 떠나자 할 때부터 불안했었는데… 쯧쯧."

"이 형처럼 그렇게 이것저것 재고 빼고 하면 늦지 않은 일도 때늦은 일이 돼버리는 것이오!"

두 사람이 다툼을 보다 못한 진원명이 다시 끼어들었다.

"악주에서 무슨 일이 있었습니까?"

금자방이 진원명을 돌아보며 말했다.

"소문 듣지 못했소? 악주에서 최근 큰일이 있었다는 것."

"들었습니다."

진원명이 고개를 끄덕이자 금자방이 말했다.

"우린 그 일로 흉수들에게 큰 현상금이 걸렸다 하여 악주로 오려 했습니다. 한데 처음 현상금을 보고 저기 이 형… 저자가 우리 힘으로 못할 것 같다며 계속 머뭇거리더란 말입니다. 그러다가 또 중간에 악벌단이라고 좋은 조건으로 흉수를 쫓는 단체를 모집한다고 하여 오려 했는데, 또 이 형이 어차피 출발하기에는 시기가 늦었다며 머뭇거렸지요. 그러다가 추가로 또 악벌단원을 뽑는다기에 결국 왔는데 이번에는 정말로 늦고 말았소."

이익겸이 코웃음을 치며 말했다.

"어차피 왔어도 우리 실력으론 악벌단에 들어가기에 어림없었소. 괜한 헛걸음을 한 것이지. 그처럼 큰 현상금이 허투루 걸렸겠소? 다 그만큼 어려운 일이니 걸린 것이지."

"해보지도 않고 그것을 어찌 아시오! 큰 현상금이라 해서 꼭 실력있는 놈들만 타먹으라는 법 있소?"

금자방이 성을 냈다. 이익겸이 비웃었다.

"세상에 공짜가 없는 법이오. 그런 조건 좋은 일은 분명 뒤끝이 있소. 뭐 금 형같이 세상 물정 모르는 사람이 그걸 어찌 알겠소만……."

"다, 당신 뭐라고 했소?"

진원명은 고개를 내저으며 걸음을 빨리해 그들에게서 멀어졌다.

굳이 다투는 두 사람에게 관여하고 싶지 않았기 때문이다.

"이 길은 잠시 동안 지나갈 수 없다."

마침 나타난 네 명의 사내가 아니었다면 두 사람은 이 길이 끝날 때까지 싸웠을지도 모른다.

진원명은 눈앞에 나타난 사내들을 바라보며 눈살을 찌푸렸다. 산적들인가?

지금 그들이 걸어가고 있는 곳은 아직 산을 오르기도 전 산기슭에 난 큰 길가였으니 조금은 이른 등장이다.

"하, 어디 산적 놈들이 이런 대로까지 나타나 행패야!"

금자방 역시 그렇게 생각한 듯 앞으로 나섰다.

"다시 말하지만 지금 이 길은 지나갈 수 없다. 다치고 싶지 않다면 당장 내 눈앞에서 사라졌다가 반 시진 정도 뒤에 와라."

마침 잔뜩 화가 나 있던 금자방인지라 이런 말을 듣자 참을 수 없었다.

"그렇게 말하려거든 어디 내 칼에 대고 말해봐라!"

금자방은 곧바로 칼을 뽑아 가장 앞에 있는 자에게 휘둘렀다. 눈앞에 있는 자들은 고작 산적 네 명인데다 아직 무기도 뽑지 않았으니 그 실력이 뻔하리라 여긴 것이다.

챙!

하지만 되레 물러난 것은 금자방이었다. 금자방이 기습적인 공격을 취했지만 사내는 그보다 더 빠르게 칼을 뽑아 금자방의 공격을 쳐내 버렸다.

"이 자식!"

금자방이 눈알을 부라리며 다시 덤벼들려 할 때 뒤에서 이익겸이 외쳤다.

"이런 바보! 위험한 자들이오!"

금자방은 목이 서늘해지는 기분을 느꼈다. 먼저 공격했음에도 금자방보다 빨랐던 적이었으니 이번에는 금자방이 채 칼을 뽑기도 전에 목으로 검을 날렸던 것이다.

챙!

금자방은 사색이 되어 뒤로 물러났다.

진원명의 검이 사내의 검을 막고 있었다.

기묘한 방어였다.

저런 찌르기는 원래 저런 가로막는 방어로 막히는 공격이 아니다. 하지만 사내의 검은 마치 접착제로 붙여놓은 듯 진원명의 검에 달라붙어 막혀 있었다.

사내가 표정을 일그러뜨리자 진원명이 검을 앞으로 밀어냈다.

가벼워 보이는 밀치기임에도 사내는 몇 걸음을 뒤로 물러서서야 자세를 바로잡았다.

진원명이 물었다.

"대체 왜 이곳을 지나치지 못한다는 것이오?"

사내는 대답 없이 주변의 동료들에게 눈짓했다. 네 명의 사내가 검을 뽑아 진원명의 주위를 에워쌌다.

"굳이 이렇게 싸울 필요가 없는 일이지 않소?"

진원명이 눈살을 찌푸리며 말했을 때, 사내들의 공격이 시작되었다.

슈슉.

두 사람은 자신을 직접 노리고 나머지 두 사람은 자신이 움직일 길을 선점했다.

좌우로 흩어지는 적들의 동작이 신속함을 느끼고 진원명은 오히려 신경을 분산시키지 않고 빠르게 정면을 찔러갔다.

하지만 적들의 대처가 좋았다.

진원명이 정면의 하나를 공격하니 곧바로 그 하나가 물러나며 다른 하나의 공격이 들어왔다. 진원명이 예측하고 그쪽을 공격해 갈 때는 이미 첫 번째 하나가 물러섬을 멈추고 되돌아와 공격에 합류하고 있었다. 두 사람의 연이은 공세의 전환이 마치 한 사람의 손이 연달아 뻗어오는 것마냥 빠르다.

슈슈슉!

정면의 두 사람에게 잠시 시간을 빼앗기니 이미 나머지 두 사람의 기척이 좌우에서 느껴졌다. 진원명은 한 번의 공격을 더 가하면 이 다음번엔 사방에서 검이 찔러 들어올 것임을 알 수 있었다.

진원명은 전방으로 검을 뻗었다. 두 사람은 또다시 저항없이 물러났다. 진원명은 그 순간 좌측으로 몸을 날렸다.

그러자 좌측의 적이 재빠르게 물러나며 물러났던 전방의

두 명과 우측으로 돌아들었던 자 세 명이 진원명의 배후로 검을 찔러왔다.

대댕!

진원명은 곧바로 반대로 돌아서서 검을 휘둘렀다. 공격이 들어올 방향을 좁혔기에 세 사람의 검을 한꺼번에 막아낼 수 있으리라 여겼지만 두 사람의 공격만을 막아내는 것에 그쳤다.

쇄액!

그 와중에도 공격한 세 명 중 하나는 검을 늦춰 시간 차를 둔 공격을 시도하고 있었던 것이다. 게다가 자신이 공격해 가려던 자가 곧바로 공세로 전환해 뒤를 노렸기에 진원명은 무기를 막아낸 적들을 상대로 제대로 마공을 운용할 틈이 없었다.

진원명은 재빠르게 자신의 검에 달라붙은 자들의 균형을 무너뜨려 전방의 나머지 한 사람을 가로막게 하고 곧바로 옆으로 훌쩍 몸을 날려 배후의 공세마저 피했다.

탓.

물러선 진원명이 자세를 바로 했을 때 네 명의 적도 다시 위치를 정돈한 채 진원명을 바라보았다.

그들 사이로 잠시 싸늘한 정적이 휘몰아쳤다.

짧은 교전을 통해 양쪽 모두 상대가 쉽지 않다는 것을 느낀 것이다.

하지만 진원명은 침착한 표정으로 네 사람을 바라보고 있었고 네 사내는 상대적으로 긴장한 표정으로 진원명을 바라보고 있었다.

그들의 시선이 진원명과 진원명 뒤쪽의 두 사람을 번갈아 오가는 것으로 보아 진원명과 나머지 둘이 뭉치면 그들 넷으로 어렵다는 생각을 하고 있는 것으로 보였다.

사내들의 고민은 길지 않았다.

"후, 우린 일단 물러나도록 하지. 하지만 당신들이 돌아가지 않고 이 산으로 계속 들어온다면 내 장담하건대 반드시 후회하게 될 것이오."

사내들 중 하나가 손짓했다. 그들 네 사람은 한번에 등을 돌려 숲 속으로 사라져 갔다.

진원명은 그들의 빠른 판단에 감탄했다. 지휘 체계가 명확한 것도 그렇고 보통의 낭인이나 산적패는 절대 아님이 분명했다.

진원명은 네 사내가 완전히 사라지는 것까지 바라보다가 뒤를 돌아보았다.

그곳에는 금자방과 이익겸 두 사람이 감탄한 표정으로 진원명을 바라보고 있었다.

순식간의 교전이었고 승패도 가려지지 않았지만 두 사람은 진원명이 대단한 고수임을 짐작한 듯 보였다.

진원명이 그 시선이 부담스러워 머리를 긁적이며 물었다.

"이 앞의 산은 대체 뭐 하는 곳입니까?"

이익겸이 잠시 고민하다가 대답했다.

"아마… 철산이라 불리는 곳일 겁니다."

진원명은 자신도 모르게 나직한 탄성을 내뱉었다.

"이곳이 그곳이었군."

어제 연 기주가 말했던 곳 철산이었다. 문득 진원명은 방금 전 보았던 네 사람의 무공을 떠올렸다.

"그러고 보니 왠지… 비슷한 것도 같군."

진원명은 고개를 갸웃거렸다. 방금 전 그들은 아민의 무리가 사용했던 검술과 다르면서도 묘하게 비슷한 무공을 사용했다.

저들은 아민의 무리들인 것일까? 진원명은 의문을 느꼈다.

하지만 저들이 아민의 무리라면 악벌단이 뒤를 쫓는 와중에 이렇게 눈에 띄는 짓을 할 리가 없었다.

무엇보다 자신이 이제야 이곳에 도착했으니 아민의 무리나 악벌단은 이미 이곳을 지나쳐 철산 안에 들어가 있어야 정상이지 않겠는가?

진원명은 잠시 고민했지만 이내 고개를 저었다. 뭐 상황이 어찌 변했는지 자신이야 아무 정보가 없으니 알 수 없는 일이다.

"뭐, 잘되었겠지."

진원명은 쓸쓸한 표정으로 그렇게 중얼거렸다. 왠지 그들이 위험에 처해 있을지도 모른다는 생각이 드니 기분이 좋지 않았다.

"저기, 소협."

진원명은 고개를 돌렸다. 이익겸이 자신을 바라보고 있었다.

"이곳을 지나갈 생각이십니까?"

진원명은 비로소 그들이 자신에게 존대하고 있음을 깨달았다.

"그냥 하던 대로 편하게 부르세요. 아마 저들은 이 산으로 들어오는 것을 막으려 드는 것 같은데… 그냥 산을 우회해 가면 되지 않을까 싶습니다."

진원명의 대답에 이익겸과 금자방이 잠시 눈길을 교환했다.

"그럼, 우리도 마침 황석으로 향하려고 하니 함께 가시는 것이 어떨까요?"

진원명이 고개를 끄덕였다.

"그러도록 하죠. 그리고 편하게 부르세요. 그냥."

세 사람은 산을 우회해 황석으로 향했다.

금자방과 이익겸은 진원명을 의식해서인지 더 이상 서로 다투지 않았다.

진원명은 두 사람이 조용하자 길을 걸으며 방금 전 만났던 그들과의 싸움을 떠올렸다.

그들은 잘 훈련된 협공을 사용했다. 아마 특정한 진법을 수련한 자들일 것이다.

훈련된 자들의 협공은 무섭다. 진원명은 예전부터 수백의 낭인들이나 이름난 고수들을 상대하는 것보다 저런 잘 훈련된 진법을 사용하는 자들 소수를 상대하는 것을 더 까다롭게 여겼다.

이런 진법이나 협공에 일단 걸려들게 되면 제아무리 진원명이라 해도 피해없이 돌파하는 것이 어렵기 때문이다.

하지만 저런 진법을 능숙하게 사용하는 것은 집단에 대한 소속감을 개개인의 자부심보다 더 중히 여기는 명문정파의 제자들 정도나 가능한 것이다.

과거 명문정파의 제자들을 되도록 피해 다녔던 이유가 바로 저것이었다. 정돈된 진법에서 나오는 강력한 협공.

공세의 이어짐이 한 사람처럼 빨라지기 위해서는 자신을 방어하는 것에 전력을 다하지 않아야 하고, 방어에 전력을 다하지 않으려면 동료를 믿어야 한다.

그 믿음에 따라 욕심 부리지 않고 단지 자신의 위치를 잡아가려면 자신을 버리고 집단을 바라보아야 하는데, 그것은 대개 극단적으로 개인주의자들인 보통의 무인들에게는 대단히 어려운 일이었다.

"저런 자들이 아민의 무리에 있었던가?"

이들의 진법은 예전 몇 번 상대해 본 명문정파의 진법들과 비교해 뒤처지지 않았다. 자신이 비록 전력을 다하지 않았다 지만 잠시나마 자신을 위험한 지경까지 몰아넣지 않았던가?

그런 진법을 쓰는 자들을 보았다면 분명 자신이 눈여겨봐 두었을 텐데, 자신은 아직까지 아민의 무리에서 그런 자들을 발견한 적이 없었다.

방금 만났던 그들에 대한 이런저런 생각을 하고 있는 사이 진원명은 황석에 도착했다.

이익겸과 금자방은 황석에 도착한 뒤에도 진원명의 곁을 떠날 생각을 하지 않았다. 오히려 진원명을 대신해 객점마저 잡아주는 등 편의를 봐주었는데 진원명은 그들의 이유 없는 친절이 부담스러워 어색하게 고맙다는 말을 하고는 일찍 잠 자리에 들었다.

변화(變化) 3

오색찬란한 빛무리가 눈앞을 어지럽혔다.

진원명은 손으로 눈을 가리고 어떻게든 앞을 바라보려 애
썼다.

그곳에 누군가가 서 있었다.

진원명은 무의식적으로 찬란한 빛을 내뿜는 눈앞의 누군
가를 향해 다가서려 했다.

'당신은 대체 누구요?'

진원명은 그렇게 물으려 했지만 말이 되어 나오지 않았다.

하지만 그는 들었을 것이다. 진원명은 그렇게 느꼈다.

그가 진원명을 바라보았기 때문이다. 그가 진원명을 바라

보자 진원명을 향해 내뿜는 빛이 강해져 진원명은 아예 눈을 뜰 수가 없었다.

'날 그렇게 바라보지 마시오.'

사내가 발하는 빛이 더 강해졌다. 진원명은 부끄러움을 느꼈다. 마치 그 빛이 자신의 마음속 구석구석을 모두 비춰보는 듯한 느낌이었다.

'날 그렇게 바라보지 말란 말이오!'

사내는 빙긋 미소 지었다. 그것이 진원명에게 느껴졌다. 강하게 내리쬐던 빛은 어느새 부드럽게 변해 진원명을 비추고 있었다.

진원명은 눈을 가늘게 뜨고 사내를 바라보았다. 사내의 얼굴은 빛무리에 가려 잘 보이지 않았다. 사내가 입을 열어 뭔가 말을 하려고 했다.

'당신은……'

'말하지 마시오.'

진원명이 눈살을 찌푸리며 막았다. 사내의 입에서 나올 말이 왠지 짐작되었기 때문이다.

'당신은 참……'

'말하지 말란 말이오.'

사내의 입이 다시 열리려 하자 진원명이 다시 막았다.

하지만 사내는 기어코 말을 끝맺었다.

'당신은 참 선한 사람이었구려.'

"…선한 사람이 다 얼어 죽었나 보군."

진원명은 그렇게 중얼거리며 잠에서 깨어났다.

어리둥절한 표정으로 주변을 두리번거리던 진원명이 중얼거렸다.

"방금 내가 뭐랬던 거지?"

잘 기억나지 않는 꿈의 끝 자락이 진원명을 괴롭게 했다.

"흐음."

잠시 고민하던 진원명은 이내 고개를 털고 자리에서 일어났다.

"일단 식사부터 하지."

진원명은 방을 나섰다. 객점의 식당에 도착하자 자신보다 일찍 일어난 것인지 이익겸과 금자방이 앉아 있었다. 얼핏 봐도 서로 싸우고 있는 듯했다.

"일이 왜 다 이딴 것밖에 없는 거요?"

"이게 이 형이 이것저것 다 안 된다 하여 간추린 일들이기 때문이 아니오? 탓하려거든 이 형의 그 깐깐함을 탓하시오. 사내가 어디 계집애처럼 겁만 많아서는… 그래서 어디 남자 구실이나 제대로 하겠소?"

"그게 그거랑 뭔 상관이오. 그리고 이게 다 서로 좋자고 하는 짓이 아니오? 내가 금 형에게만 맡겨서 제대로 된 일을 가져오는 꼴을 못 봤소. 내가 무슨 수로 당신을 믿겠소?"

"하, 솔직히 말하시오. 이 형은 제대로 된 일을 찾는 게 아니라 그냥 조금이라도 덜 겁나는 일을 찾는 것이겠지."

"겁나는 것이 아니라 신중한 것이오!"

"세상 겁쟁이들이 아마 다들 그렇게 말할 것이오."

진원명은 두 사람의 다툼이 더 격해지기 전에 끼어들었다.

"두 분 안녕히 주무셨습니까?"

이런, 개… 까지 말하던 이익겸이 진원명을 돌아보더니 언성을 낮췄다.

"…왕 소협도 잠자리는 편안하셨습니까?"

진원명은 저들에게 자신을 다시 왕정이라 밝혔다. 이미 아민이나 무민을 돕는다는 생각을 거뒀으니 연구민이란 이름을 더 쓰고 싶지 않았다.

"챙겨주신 덕분에 모처럼 편하게 잠들었습니다."

진원명이 대답하자 금자방이 말했다.

"아 그리고 왕 소협, 우리와 함께……."

퍽!

금자방의 말이 이익겸의 발차기에 끊겼다. 진원명이 고통스러워하는 금자방과 시치미를 떼고 있는 이익겸을 번갈아 바라보았다.

이익겸이 씩 웃으며 말했다.

"아마 시장하실 텐데 일단 조반부터 드시지요."

진원명은 잠시 후 아침식사를 마친 뒤에야 두 사람이 어제부터 보여줬던 호의의 이유를 알 수 있었다. 두 사람은 황석에서 구할 수 있는 돈벌이를 알아와 진원명을 꼬시려 했던 것이다.

"며칠 전 새산(塞山) 중봉 즈음에 괴물이 나타나 약초꾼 몇 명을 해쳤다고 합니다. 저흰 그 괴물을 퇴치하러 가려 하는데, 어떻습니까? 왕 소협도 동행하는 것이……."

이자들 어제 자신이 포양호로 가려 한다는 것을 듣지 않았던가?

진원명이 눈살을 살짝 찌푸렸다. 이자들은 아마 자신을 강호를 유랑하는 실력있는 낭인 정도로 여겼나 보다.

"나는 갈 곳이……."

"아마 여산에서 제대로 즐기고 파양호로 내려가려면 노자가 좀 있는 편이 좋을 것입니다. 제가 알아봤는데 같이 갈 사람들도 있고, 이번 일이 제법 괜찮습니다."

이익겸이 진원명의 말을 끊고 끼어들었다.

"이보시오. 나는……."

진원명이 확실하게 다시 거절하려고 입을 열다가 말을 멈췄다. 문득 자신의 주머니 사정이 떠올랐던 것이다.

악벌단에서 월급으로 약조한 돈도 받지 못한 터였다. 이익겸의 말대로 여산에서 며칠 묵게 되면 집까지 돌아갈 여비가 빠듯해질지도 몰랐다.

"음, 그… 현상금이 얼마나 된다 하였소?"

잠시 고민하던 진원명이 태도를 바꿔 물었다.

"백 냥이니 한 사람당 은 열 냥 이상은 떨어질 것입니다. 말이 괴물이지 아마 흑곰 정도 되는 녀석일 텐데, 이미 사람이 네 명이나 모여 있고 사냥꾼도 섞여 있어 어렵지 않게 잡을 수 있을 것입니다. 뭐, 거의 거저먹는 것이라 할 수 있죠."

금자방이 호언했다. 그리고 그 호언은 그날 저녁이 가기 전에 의미를 잃었다.

"이보시오. 좀 천천히 갑시다."

일행의 대장 격인 양소라는 자의 외침이었다. 일행 중 가장 덩치가 큰 사내였는데 목소리도 덩치만큼 우렁찼다.

진원명이 돌아보고는 잠시 걸음을 멈췄다.

먼 거리에서 뒤쫓아오는 여섯 명의 인영이 보였다. 진원명은 대충 주변에 놓인 평평한 바위 위에 걸터앉아 일행을 기다렸다.

진원명은 함께 간 여덟 명의 사람 중 가장 산을 잘 탔다.

과거 도주 생활에 길이 아닌 곳으로 이동하거나 쫓겨 다닌 적이 많았기 때문이다.

잠시 후에야 일행이 진원명이 있는 곳까지 도착했다.

"너무 앞서 가지 마시오. 혹시라도 당신이 흔적을 지워 버려 사냥꾼이 괴물을 찾기 어려울 수도 있다오."

양소가 다가와 말했다.

진원명이 양소의 말이 옳다 여겨 일행의 곁에서 보조를 맞췄다.

이 근방에 산다는 사냥꾼을 제외한 세 명은 제법 깔끔하게 차려입은 모습이 낭인무사처럼 보이지는 않았다. 게다가 한 사람은 여인이었다.

"헉, 헉, 제발 좀 천천히 가면 안 되나요? 당신 때문에 모두 힘들어지잖아요."

가장 마지막에서 따라오던 여인이 진원명에게 그렇게 볼멘소리를 했다. 주민국이라는 이름을 가졌다. 진원명이 무안하여 머리를 긁적이자 여인 옆에서 걷던 신경질적인 인상의 사내 또한 여인을 거들었다.

"이봐, 어디 산동네에 살았나 본데, 그렇게 혼자 앞서 가면 여기 사매처럼 산길에 익숙하지 못한 사람들이 힘들어진다는 거 모르나? 산 탈 힘 있으면 아껴뒀다가 이따 괴물과 싸울 때 쓰라고. 뭐, 그래 봐야 별 도움도 안 되겠지만."

그자의 이름은 구장혁이었다. 마지막 한마디는 조금 작게 말했지만 진원명에게까지 충분히 들렸다.

"이거, 미안하게 되었습니다."

진원명은 불쾌하게 생각하지 않고 사과했다. 예전 장수생과 똑같은 실수였다. 이처럼 강행군하여 뒤따라오는 자들의 체력 안배가 되지 않는다면 괴물과 마주쳐도 싸울 수가 없을 것이다.

"이 근방입니다."

앞서 가던 사냥꾼이 그렇게 말했다. 아마 이 근방이 괴물이 출현한다는 그곳인 모양이었다.

"조금 넓게 자리를 잡고 이동하면서 흔적을 찾도록 하죠. 흔적은 뭐 짐승의 털이라던가, 발자국이라던가 발톱 자국이라던가… 그런 단순한 것들입니다. 의심 가는 흔적이 있다면 저를 불러 말씀해 주시고요."

사냥꾼의 말에 따라 일행은 흩어져 주변을 조사하기 시작했다.

"금 형, 아무래도 저자들 분위기가 일반 낭인들로는 보이지 않는구려."

금자방의 곁에 다가선 이익겸이 말했다.

"낭인이 아니라면 뭐란 말이오."

"참 둔하구려. 저들 호칭을 듣고도 모르오? 어느 문파의 사형제들이 강호 구경이라도 나와서 호기심에 청부를 처리하겠다고 나선 것이겠지. 저기 저 소풍 나온 듯한 분위기만 봐도 알겠지만, 저런 자들은 낭인들과 다른 부류들이니 조심하시오."

"어쩐지 좀 거만하다 했소."

금자방이 고개를 끄덕이며 말하자 이익겸이 답답하다는 듯 한숨을 쉬었다.

"에휴, 참 말귀 못 알아먹네. 내 말은 그게 아니라 저들이 무공은 썩 쓸 만할지 모르지만 실전 경험은 분명 개판일 거란 거요."

"젠장, 남 말귀 못 알아듣는 거 뭐라기보다 애초에 말을 똑똑히 하쇼."

곁에서 금자방과 이익겸이 또다시 티격대고 있을 때 나머지 사형제들과 진원명은 주변의 흔적을 찾는 것에 열을 올리고 있었다.

사실 지금 상황에 신을 내고 있는 것은 사형제들뿐 아니라 진원명도 마찬가지였다.

분명 산에서 쫓고 쫓기는 일이란 예전에도 자주 해보았던 일이다. 한데 지금 진원명은 새로운 뭔가에 도전하는 어린아이와 같은 즐거움을 느끼고 있었다.

단지 예전과 입장이 조금 달라졌고, 마음을 얽매고 있던 여러 가지 것들이 사라진 것뿐이지만 그 차이는 진원명에게 큰 변화로 작용했다. 진원명은 스스로 그 변화를 실감하고 있었다.

"이거, 짐승이 밟은 자국 아닌가요?"

"그거 소저의 본인의 발자국이오."

"내가 발견했소. 저기 동물의 털뭉치가……."

"저기 밤송이를 말하는 것은 설마 아니겠죠?"

사형제들이 열심히 헛다리를 짚는 사이 결국 가장 먼저 흔적을 발견한 사람은 진원명이 되었다.

"이쪽의 부러진 가지들은, 아마 사람 비슷한 것이 부리뜨린 흔적인 것 같은데 어떻습니까?"

"에이, 사람이 부러뜨린 거라면 우리 중 누군가가 한 거겠죠."

주민국이 그렇게 말했지만 사냥꾼이 다가와 보곤 고개를 저었다.

"아무래도 이건 제대로 된 흔적 같군요."

진원명이 말했다.

"아마 하루 정도 전에 부러진 것 같은데, 아무래도 이런 위험한 곳에 누군가 사람이 들어왔다는 것이 이해가 가지 않아서 말입니다."

"호오, 당신 흔적을 보는 데 제법 익숙하시군요."

사냥꾼이 진원명을 바라보며 의외란 표정을 지었다.

진원명은 누군가에게 쫓기면서 자신의 흔적을 지우거나 일부러 흔적을 남기는 법에 능숙했다. 그러다 보니 산이란 공간에 남은 사람의 흔적을 알아보는 것 또한 그에 못지않게 익숙할 수밖에 없었다.

"헤에, 당신이 우리 중에 가장 쓸모있는걸요?"

주민국이 감탄한 표정을 짓자 구장혁이 코웃음을 쳤다.

"산에서 사냥해서 먹고산다면 좀 쓸 만하겠군. 너무 앞서 가다가 괴물에게 잡아먹히지 않게 조심하시오!"

일행은 진원명이 발견한 흔적을 따라 이동하기 시작했다. 중간중간 흔적이 끊어진 곳이 있긴 했지만 진원명은 용케 그 끊어진 다음 지점들도 잘 찾아내곤 했다.

사냥꾼이 자신보다 낫다며 불평할 정도였다.

"모두 멈추시오."

양소의 지시에 따라 일행이 정지했다. 눈앞에 시커먼 동굴이 하나 입을 벌리고 있었다.

"괴물의… 소굴인가요?"

주민국이 조심스럽게 입을 열었다.

사냥꾼이 고개를 끄덕였다.

"아마 그럴 것입니다. 전 덫을 몇 개 깔아놓겠습니다. 괴물이 동굴 안에 있을지 밖에 있을지 모르니 조심들 하세요."

사냥꾼은 일행에게 모두 큼지막한 곰덫 하나씩을 메고 오게 했었는데 그것을 주변에 설치하기 시작했다.

"저런 것 없이 그냥 무공으로 제압하면 안 되나?"

구장혁의 말에 사냥꾼이 피식 웃었다.

"구 소협은 밥을 먹을 때 수저를 쓰십니까, 주걱을 쓰십니까?"

"당연히 수저를 씁니다."

"그와 같습니다. 모든 것에는 그에 맞게 만들어진 도구를 쓰는 것이 가장 쉬운 법입니다."

주민국이 사냥꾼의 말이 재미있는 듯 키득거리며 웃었다.

구장혁은 왠지 사냥꾼에게 놀림받은 듯하여 인상을 찌푸리다가 바닥에 놓인 돌을 걷어찼다.

툭.

돌이 날아가 떨어지는 소리가 들렸다. 주민국이 구장혁을 돌아보았다.

"에이 사형, 또 화난 거예요?"

주민국은 그렇게 말하다가 구장혁의 표정이 이상함을 깨달았다. 구장혁은 눈가를 씰룩거린 채 어딘가를 바라보고 있었다.

주민국이 의아한 표정으로 구장혁을 바라보다가 고개를 돌렸다. 구장혁이 바라본 곳, 아마 구장혁의 돌이 떨어진 지점.

"꺄아아아아아악!"

일행이 모두 깜짝 놀라 주민국을 돌아보았다. 그때 구장혁이 입을 열었다.

"괴, 괴물!"

일행은 고개를 돌렸다. 그리고 늑대 머리를 하고 곰처럼 일어선 괴물이 달려드는 모습을 보았다.

"사매! 물러서!"

괴물은 가까운 주민국을 노렸다. 양소가 황급히 주민국의 앞을 막아섰다.

"조심하시오!"

때앵!

양소는 손이 진동하는 것을 느끼고 놀란 눈으로 괴물을 바라보았다.

"칼?"

괴물은 큰 칼을 꺼내 들고 휘두르고 있었다.

"괴물이 아니라 사람이오!"

진원명이 소리치며 괴물의 앞에 나타났을 때, 곁에서 이익겸의 외침이 들렸다.

"여기도 괴물!"

이익겸의 앞에 그리고 사냥꾼의 뒤에, 그리고 구장혁의 옆에, 세 마리의 괴물이 더 나타나 총 네 마리의 괴물이 일행을 포위했다.

"히익!"

사냥꾼은 도움이 되지 않을 것이고 구장혁과 주민국은 놀라 손을 쓰지 못하고 있었다.

그나마 강호를 굴러먹은 금자방, 이익겸도 괴물 탈을 쓴 자들의 흉악한 모습에 기가 죽었으니 꼭 그들만을 탓할 일은 아닐 것이다.

"크아아!"

하지만 괴물이 사방에서 덮쳐 왔을 때 진원명은 재빠르게 사냥꾼 쪽의 괴물에게 달려갔다.

놀라 손이 굳었다 해도 사냥꾼보다는 구장혁, 주민국 쪽이 어떻게든 버텨주리라 여겼기 때문이다.

사냥꾼을 내려치려던 괴물은 진원녕이 달려들사 공격을 회수하고 진원명을 찔러왔다.

째앵!

검과 검이 부딪쳤다. 진원명의 마공이 바로 상대방의 검에 실린 여력을 찾았지만 상대의 힘은 곧바로 끊어지며 회수되었다.

진원명은 회수되는 적의 검을 따라 곧바로 다시 검을 날렸다.

채앵!

이번에도 상대의 힘은 간결했다. 마공으로 흩어버릴 만큼의 여분의 힘이 없었다.

"젠장!"

장수생과 같은 부류였다. 이렇게 바쁜 상황에 하필 이런 자들이 적이라니.

진원명은 곧바로 전력을 실어 검을 뻗었다.

쩌엉!

이번엔 확실한 반응이 왔다.

적의 기술은 장수생과 닮았지만 적의 힘은 분명 장수생만 못했다.

당황한 기색을 가면에 가려진 표정 대신 허둥대는 동작으로 표현하는 적에게 진원명은 다시 검을 날렸다.

쩌어엉!

적은 검을 땅으로 늘어뜨리고 물러났다. 단 두 번에 더 공격을 막을 여력이 없어진 것이다.

하지만 진원명의 세 번째 검이 계속 날아들고 있었다.

적은 곧바로 진원명의 검을 피하기 위해 땅바닥에 몸을 굴렸다. 그 선택이 적에게 큰 불행이었다.

철커덩!

"크아악!"

방금 전 사냥꾼이 깔아둔 덫에 적의 왼쪽 어깨가 걸리고 만 것이다. 적이 고통에 땅을 뒹굴었다. 왼 어깨와 팔이 동시에 덫에 물린 터라 혼자 덫을 풀기가 너무 어려운 모양새였다.

왼팔에 힘을 주면 덫이 파고들 테고, 오른팔 하나로는 지지대가 없으니 덫을 벌릴 수가 없었다.

진원명은 몸을 돌렸다. 어쨌든 저자는 당장 죽지는 않을 것이다. 그리고 몸을 돌린 진원명의 눈에 당장 죽어도 이상하지 않을 것 같은 구장혁의 모습이 잡혔다.

"이, 이런 젠장!"

다리가 떨리고 손이 마음대로 움직이지 않았다. 적의 모습이 끔찍해 바라보기 싫었고, 누군가 좀 와서 자신을 도와주길 바랐다.

"죽어라!"

괴물이 외쳤다. 구장혁은 비로소 눈앞의 괴물이 가짜일 뿐이라는 것을 받아들였다. 저렇게 유창하게 말하는 괴물이 어디 있겠는가?

하지만 이젠 늦었다. 눈앞으로 다가든 적의 칼을 막기에는……

쩌엉!

구장혁은 멍한 표정으로 마치 가죽공처럼 튕겨져 나가 버린 눈앞의 괴물을 바라보았다.

"뭐, 뭐지?"

이해하지 못한 것은 아니었다. 이번에도 단지 인정하기가 어려웠을 뿐.

진원명의 검이었다. 바로 그 검이 지금 구장혁의 눈앞에서 부르르 떨고 있었다.

진원명은 전력을 실은 검으로 상대방을 날려 버렸던 것이다.

괴물은 자세를 수습하고 놀라 진원명을 바라보았다. 그때 진원명이 다시 검을 휘둘러 왔다.

부웅!

적의 검이 황급히 진원명의 검을 막아갔다.

휘익!

하지만 서로 부딪치진 않았다. 두 검이 마주치는 교차점에서 살짝 변화해서 진원명에게 파고든다.

진원명은 놀랐지만 재빨리 몸을 정지하며 검을 눈앞에서

치켜 올리듯 변화시켰다.

후욱!

적은 그 검마저 피했다.

적은 작은 원을 그리며 검을 회수하더니 진원명의 검이 지나치려는 순간 벼락같이 찌른 것이다.

하지만 진원명은 치켜든 검이 멈추지 않고 손목을 기준으로 다시 한 번 일회전했다.

챙!

결국 적과 진원명의 검이 부딪쳤다.

마공을 운용하려던 진원명은 다시 한 번 놀랐다. 적이 여력을 두지 않고 깔끔하게 물러섰기 때문이다.

마치 아민의 검술처럼 변화하며 공격하다가 적과 마주치니 재빠르게 끊고 물러선다. 무슨 이런 검술이 다 있지?

이번에는 적이 먼저 공격해 왔다. 진원명은 뒤늦게 검을 뻗었다. 적의 검이 진원명의 검을 피해 변화한다.

이런 변화에 맞상대하여 놀아주기에는 지금의 상황이 여의치 않았다. 진원명은 오히려 빠르게 검을 뻗어 적의 가슴을 노렸다.

후욱!

적은 진원명의 극단적인 수에 놀란 듯 마주 진원명의 가슴을 찔렀다.

서로의 팔이 교차했다. 그 순간 진원명의 검끝이 휘어졌다.

푸욱!

"크윽!"

적은 진원명의 이런 변화까지 예상하진 못했다. 강철로 된 검날이 저 혼자 이처럼 직각이 되도록 옆으로 꺾이리라고 누가 생각했겠는가?

적은 팔이 꿰뚫린 채 피를 흘리며 물러났다. 아마 무기를 휘두르기엔 이제 무리일 것이다.

진원명은 고개를 돌려 다른 이들을 살폈다.

처음의 인물도 상당한 실력이었지만 방금 대결한 자는 그보다 더 대단한 실력을 가지고 있었기에 나머지 일행이 버텨주었을지 걱정이었다.

"여기 좀 도와주시오!"

마침 이익겸의 외침이 들려왔다. 진원명은 곧바로 몸을 날렸다.

양소와 주민국은 함께 적을 맞고 있었는데 상황이 오히려 유리해 보였다.

문제는 이익겸과 금자방이다. 멀리서 보기에도 아슬아슬한 모습이 언제 적에게 당해도 이상하지 않아 보였다.

"크악!"

마침 금자방이 적의 검에 찔렸는지 피를 뿌리며 쓰러졌다.

"멈춰라!"

진원명은 그렇게 외치며 칼을 뻗었다.

후우우우웅!

공기가 찢기는 듯한 굉음이 울려 퍼진다. 진기의 방출이었다.

급한 김에 멀리서 날린 진기의 방출이라 적은 이상한 기색을 느끼고 미리 피해 버렸다.

퍼엉!

하지만 이번 공격은 적어도 주변의 모든 이를 주목시키는 효과는 있었다. 모두가 자신을 바라보느라 정신이 팔린 것을 느끼고 진원명이 나직이 중얼거렸다.

"진작 사용할 것을……"

우지직, 우직.

적 뒤편 나무 한 그루가 쓰러졌다. 그 밑동이 거대한 망치에 찍힌 듯 우그러져 버렸으니 버틸 수 있을 리가 없었다.

쓰러지는 나무를 피하느라 적과 금자방, 이익겸의 거리가 멀어졌다. 진원명이 그 참에 고개를 돌려 주민국과 양소가 상대하던 적을 바라보았다.

마침 진원명을 바라보고 있던 적이 움찔 놀라며 물러섰다.

금자방과 이익겸은 진원명의 곁으로 피해왔다. 그 둘이 상대하던 적은 감히 쫓아올 생각을 못했다.

"히익!"

"이런 미친!"

그때 등 뒤에서 사냥꾼과 구장혁의 외침이 들려왔다. 진원명이 황급히 돌아보았다.

진원명에게 오른쪽 어깨를 찔렸던 적이 아까 전 넢에 걸렸던 적의 몸에서 검을 뽑아내고 있었다.

아군을 찌른 것인가?

"모두 후퇴한다."

적은 그렇게 외치고 재빨리 몸을 돌려 도망갔다.

나머지 두 적도 각기 다른 방향으로 도주하기 시작했다.

이익겸과 금자방이 진원명을 바라보았다. 적을 내버려 둬야 하는지 물어보는 눈초리였다.

진원명은 고개를 저었다. 무작정 쫓아가 봐야 의미도 없을 것이다. 아군을 죽이고 갔을 정도의 사람들이 아닌가?

"그나저나 금 형의 상처는 괜찮습니까?"

진원명이 물었다. 금자방이 그제야 고통스러운 듯 신음을 흘렸다. 오른쪽 어깨에서 가슴까지 이르는 긴 상처가 나 있었다.

저 정도의 상처라면 완치할 때까지 한동안은 몸을 움직이기 어려울 것처럼 보였다.

"이런! 다들 뭐 하는 거예요. 빨리 치료부터 해야죠."

다가온 주민국이 재빠르게 품에서 몇 가지 약을 꺼내 금자방의 상처에 바르기 시작했다.

이어 이익겸이 깨끗한 부위의 옷자락을 찢어 대충 붕대 비슷한 모양으로 상처를 감쌌다.

이익겸의 부상을 치료한 일행은 대충 주변에 둘러앉았다. 다들 위험한 상황이 지나 긴장이 풀리니 피로가 몰려오는 모양이었다.

"괜히 이런 청부 같은 걸 하겠다고 했나 봐요. 정말 놀라서 기절하는 줄 알았어요."

주민국이 투정했다.

"정말 위험했구나. 강호라는 것이 이처럼 무슨 일이 일어날지 알 수 없는 곳이지."

양소가 그렇게 말하고 진원명을 돌아보며 읍을 했다.

"오늘 대협이 아니었다면 모두 목숨을 부지하기 어려웠을 것입니다. 정식으로 소개드리겠습니다. 저는 화산파 사대제자 양소라 합니다. 제 사제들 또한 화산파의 제자들이죠."

양소의 말에 금자방과 이익겸은 놀란 표정으로 세 사람을 바라보았다. 화산파라면 검문으로 천하에서 수위를 다툴 만큼 대단한 문파가 아닌가?

반면 진원명은 고개를 살짝 끄덕였다. 구장혁은 하필 가장 강한 적과 상대한 데다 몸이 굳어 제 실력을 발휘하지 못했지만 나머지 두 사람은 눈앞의 적을 충분히 압도하고 있었다. 이 정도라면 여느 명문대파의 정식제자로서 부족함이 없는 실력이었다.

진원명이 마주 읍했다.

"전 왕정이라는 무명소졸이고 강호를 굴러먹던 몸이라 마땅한 사문이 없으니 이해해 주길 바랍니다."

주민국이 이어서 말했다.

"비슷한 또래로 보이는데, 그런 대단한 무공을 지녔다니 정말 대단하세요. 저희 사부도… 저런 것은 못할 것 같은 데……."

주민국은 그렇게 말하며 뒤편에 쓰러져 있는 나무를 바라보았다.

주민국의 말에 남은 일행도 모두 아까 전 보여줬던 진원명의 무공을 다시 떠올리고는 감탄 어린 표정으로 진원명을 바라보았다.

진원명이 민망해할 때 마침 주장혁이 입을 열었다.

"그런데 저 뒤의 시체는 어떻게 하죠?"

일행이 모두 살짝 눈살을 찌푸렸다. 자신들 뒤에 사람이 죽어 있다는 사실을 잠시 잊고 있었다.

"묻어줘야겠죠. 아무래도."

양소가 그렇게 말했다. 이익겸이 이어서 말했다.

"저 가죽은 벗겨가도록 하죠. 현상금을 받으려면 증거가 필요할 테니……."

"꼭… 그래야만 하나요?"

주민국이 피로 범벅이 된 채 쓰러져 있는 시체를 바라보며 끔찍하단 표정을 지었다.

"뭐 그냥 옷을 벗기는 것이니 어려울 것도 꺼릴 것도 없는 일입니다. 소저는 그냥 지켜만 보고 계세요."

사냥꾼이 말했다. 일행은 모두 고개를 끄덕였다.

일행은 분담하여 시체의 몸에 입혀진 가죽을 벗기고 땅을 팠다.

땅을 팔 만한 도구는 없었지만 무공을 배운 장정 여럿이 달려드니 시체를 묻는 데는 오랜 시간이 걸리지 않았다.

"이제 다 끝났군요."

사냥꾼이 씩 웃었다. 양소가 말했다.

"금 형이 다친 것이 안타깝군요. 금 형은 우리들 몇 명이 번갈아 업는 것이 어떻겠습니까?"

금자방은 이익겸의 부축을 받고 있었지만 괜히 산을 내려가며 무리했다간 상처가 도질지도 몰랐다.

"그렇게 하지요."

진원명이 동의했다.

"그럼 이만 하산을……."

양소가 주변을 돌아보며 그렇게 말할 때 구장혁이 입을 열었다.

"저기, 그런데……."

"왜 그러는가, 사제?"

"저기 동굴. 뭐가 있는지 한 번 들어가 보는 게 어떻습니까?"

일행의 고개가 뒤로 돌아갔다. 모두 또 잊고 있었던 것이다. 저기 동굴이 있다는 것을……

"에이, 사형! 저런 음침한 데를 왜 들어가요?"

또 괴물이 튀어나오면 어쩌려고. 주민국이 고개를 설레설
레 저었지만 구장혁이 다시 말했다.

"잘 생각해 보세요. 이들 네 사람이 왜 여기에 있었는지를
요."

"무슨 소리지?"

양소가 물었다.

"저런 고수들이 네 명이나 괴물로 분장하고 이곳에 숨어
있었습니다. 그렇다면 그럴 만한 이유가 있어야 하지 않겠습
니까?"

구장혁의 말에 양소가 고개를 끄덕였다.

"그건 그렇군."

"그게 혹시 저 동굴에 있을지도 모른다는 생각 들지 않습
니까?"

일행이 모두 다시 시선을 동굴에 두었다.

"흠, 그럴지도 모르겠군."

일행은 지금까지와 달리 새로운 눈으로 동굴을 바라보았
다. 보물이 있는 것일까? 아니라면 절세의 무공비급? 그것도
아니라면 피어나길 하루 앞둔 천고의 영약이라던가……

"한 번 들어가 보죠."

이익겸이 가장 먼저 말했다. 오늘 잘하면 횡재할지도 모른

다는 기대감이 어린 눈빛이었다.

"그래, 한 번 들어가 봅시다."

양소 역시 기대감 어린 눈으로 그렇게 말했다. 일행은 다시 걸음을 돌려 동굴로 되돌아갔다.

"음, 횃불이 있는 것이 좋겠군요."

사냥꾼이 그렇게 말하자 양소가 고개를 끄덕였다.

사냥꾼은 재빠르게 나뭇가지를 하나 쳐내고 그 위에 천을 감아 불을 붙였다.

"들어가 봅시다."

일행은 조심스럽게 동굴 안으로 들어갔다.

동굴 안은 습하지 않고 선선한 게 딱 사람이 지내기 좋은 환경이었다.

동굴은 옆으로 꺾어지듯 파여 있어서 안쪽이 제대로 확인되지 않았다.

사 장 정도를 들어갔을 때 주민국이 나지막한 비명을 질렀다.

"꺅!"

발밑에 누워 있는 한 사람이 보였던 것이다.

나머지 일행도 놀라 물러섰다.

동굴은 거기에서 끝이었다. 일행은 적이 실망했다.

사내는 짚단으로 만든 이불 위에 누워 있었는데 살아 있는지 죽었는지 알 수 없었다.

"뭐 하는 사람일까요?"

주민국이 묻자 양소가 고개를 저었다.

"일단 살펴보자꾸나."

일행은 사내에게 다가갔다. 주민국은 왠지 사내가 갑자기 일어나 덮쳐 올 듯한 두려움을 느끼고 살짝 뒤로 빠졌다.

"이보시오! 살아 있소?"

사내는 대답하지 않았다. 진원명은 문득 이상한 냄새를 맡고 주변을 돌아보았다.

"약재인 것인가?"

동굴 모서리에 몇몇 약봉지와 약을 달일 때 쓰는 약탕기가 놓여 있었다.

양소는 사내의 눈앞으로 횃불을 좀 더 가까이 가져갔다.

"허!"

그 순간 지켜보던 이들이 모두 놀랐다. 상상하지 못했던 사내의 빼어난 용모 때문이다.

그리고 진원명은 그중 가장 놀랐다.

"무 형?"

땅바닥에 누워 있던 사내, 그는 무민이었다.

대적(大敵) 1

"증상을 알아보겠습니까?"

진원명이 걱정스러운 표정으로 의원을 바라보았다.

의원이 진원명을 흘낏 째려보았다. 서두르지 말라는 의미인 듯하다.

의원은 다시 침대에 누워 있는 무민을 진맥하기 시작했다.

진원명은 잠자코 의원이 말을 시작하길 기다렸다.

"아무래도……."

의원이 고개를 갸웃거리자 진원명이 귀를 기울였다.

"흠, 이건 어디 병이 난 게 아니라 그냥 못 먹어서 힘이 없는 것으로 보이는구먼."

진원명이 무슨 소리냐는 표정으로 의원을 바라보았다. 단순히 못 먹어서 이리된 것이라고?

"흠흠, 이 사람의 행색이 아무래도 귀한 집 자제 분인 듯 보여서 의문이긴 한데… 이 사람이 도대체 얼마를 굶은 겐가?"

진원명이 그런 것을 알 리 없다. 자신도 방금 전에 만난 것인데…….

"저도 잘 모르겠습니다. 원래 아는 사람인데 이 꼴로 쓰러져 있는 것을 발견한 터라…….""

"흐음, 아무래도 이건 밥을 못 먹은 걸세. 아마 귀하게 자란 몸이 어디서 강도 같은 걸 만난 모양이지. 오래 굶어 음식을 받지 못할 수도 있으니 정신이 들어오면 미음이나 죽 같은 것을 우선 먹이고 약을 하나 지어줄 테니 달여 먹이게나."

"아, 알겠습니다."

의원이 떠나가자 바깥에 머물던 일행이 들어왔다.

"어떻다고 합니까?"

"무슨 독이라도 당한 것입니까?"

다들 호기심에 찬 눈으로 자신을 바라보고 있었다.

진원명이 고개를 저었다.

"그냥 단순히 오래 굶은 것 같답니다."

일행이 허탈한 한숨을 내쉬었다. 호흡이 약하고 정신을 차리지 않으니 뭔가 큰 병에 걸린 게 아닌가 하여 급하게 내려왔던 것이다.

"하긴, 그런 괴물들에게 잡혀 있었으니 제대로 된 음식을 먹었을 리 없죠."

주민국이 고개를 저으며 그렇게 말했다.

"그래서 아무래도 미음이나 죽 같은 걸 좀 준비해 둬야……."

"제가 할게요. 주방에 부탁해서 당장 만들어 오겠어요."

주민국이 재빨리 그렇게 말하고는 방을 빠져나갔다. 구장 혁이 나가는 주민국을 못마땅한 시선으로 바라보았는데 아까 무민을 발견했을 때부터 주민국이 유달리 무민의 안위를 챙기는 듯 보이는 것에 대한 불만 때문이었다.

"그러고 보니 이 형이 아까 현상금을 받아왔습니다. 여기 왕 형의 몫입니다."

양소가 주머니를 내밀었다. 진원명이 물었다.

"이 형이라면 지금 금 형과 함께 있겠구려."

"두 사람 사이가 꽤 좋은 모양입니다. 이 형이 금 형을 상당히 걱정하는 눈치더군요."

진원명은 그럴 리가 없는데, 라고 생각하며 주머니를 받았다.

"이거 생각보다 많은 것 아닙니까?"

"왕 형의 활약에 대한 몫입니다. 모두가 만족하게 나누기 힘들었으니 마다하려거든 아예 죄다 내놓으시오."

"하하, 마다할 리가 있습니까? 제가 얼마나 궁한지 양 형이 모르시는구려."

진원명과 화산 제자들은 하산하며 서로 호형하기로 한 터였다.

"그나저나 저분 꽤 귀한 집 자제 분 같은데… 왕 형이 아는 분이라니 참 공교롭군요."

구장혁이 말했다. 이자는 그러고 보니 아까부터 필요한 말만 잘 찝어서 하는 면이 있었다.

"그게… 나도 좀 놀랐습니다. 이런 곳에서 만날 줄은 꿈에도 몰랐던 터라……."

진원명이 말을 흐리는 듯하자 구장혁은 더 묻지 않았다.

"그럼 난 이만 내려가 보겠습니다. 사형은 계속 이곳에 있겠습니까?"

"아, 그럼 나도 내려가 보죠. 혹시 할 일이 있는데 환자를 혼자 두기 뭐할 땐 언제든 부르시오. 내가 투박해 보여도 병간호는 나름 자신있다오."

"환자들이 못 견뎌서 일어나는 것이지."

구장혁이 이를 갈며 나직이 중얼거렸다. 양소에게는 들리지 않은 듯했지만 진원명에게는 똑똑히 들렸다. 진원명은 식은땀을 흘리며 만약 부탁하더라도 양소는 피해야 하겠다고 생각했다.

두 사람이 떠나고 나자 방에는 진원명과 누워 있는 무민만이 남게 되었다.

"이게 대체 무슨 조화인지 모르겠구려."

진원명이 침대 맡의 의자에 걸터앉으며 피식 웃었다.

무민을 구한다며 철산으로 달려간 그들이 아니라 그들과의 인연을 끊기로 하고 집으로 돌아가는 길이었던 자신에게 무민이 발견되다니, 참 세상은 알 수 없는 것인 듯했다.

어쨌든 이제 마음에 걸렸던 한유민 문제도 얼추 해결인 듯했다.

과정이야 어찌 되었건 지금 자신이 무민을 구해내지 않았는가?

"이제 빚은 다 갚은 거요."

진원명이 무민을 바라보며 말했다.

무민을 바라보고 있으니 이런저런 의문들이 떠올랐다.

철산에 있다던 무민이 이곳에 있는 것은 왜고, 무민을 지키던 네 명의 괴물 복장은 누구고, 이처럼 굶어 죽을 지경이 되어 방치된 상황은 뭔가?

도대체 수하들이 목숨을 바쳐서 구하려 드는 무민의 진짜 정체는 무엇인가?

무민에게 자신은 물어볼 것들이 많았다. 거기에 무민이 일단 깨어나야 한유민에게 연락도 할 수 있을 것이다. 무민이라면 아마 그럴 수 있는 방법을 알고 있으리라.

진원명은 나직이 중얼거렸다.

"그러니 빨리 정신을 차리시구려."

　　　　　*　　　　　*　　　　　*

　사흘이 지났다.

　무민은 의원이 다녀간 뒤 오래지 않아 정신을 차렸다.

　하지만 무민은 힘이 없는 듯 말도 제대로 하지 못하는 상태였다. 주민국이 자기 일처럼 애처로워하며 간병했다. 그 뒤로 진원명은 사흘 동안 무민에게 미음과 죽을 먹인 뒤에야 오늘 깨어난 무민에게서 제대로 된 목소리를 들을 수 있었다.

　그리고 곧바로 진원명은 무민에게 물어 잘 보이는 대로에 한유민의 무리가 연락을 취할 수 있는 표식을 남기고 돌아오는 길이었다.

　"이보시오, 왕 형!"

　진원명은 마침 객점 앞에서 이익겸과 마주쳤다.

　"이 형은 어디 다녀오시는 길입니까?"

　"그냥 일감이 있는가 한 번 알아보고 오는 길이라오."

　"뭐 쓸 만한 일감이 있었소?"

　"별다른 것이야 없었소. 단지 새로운 소문들만 잔뜩 들었을 뿐이오."

　이익겸의 말에 진원명이 의아한 듯 물었다.

　"소문이라니, 그게 뭐요?"

　이익겸은 잠시 뭔가 생각하더니 중얼거렸다.

"아무래도 역시 내 생각이 맞았소. 금자방 이 사람 말을 들었다면 지금 정말 어떻게 되었을지……."

"무슨 소립니까?"

진원명이 의아한 표정으로 묻자 이익겸이 대답했다.

"얼마 전에 악벌단이 흉수를 쫓아 남쪽으로 내려갔는데 그 뒤로 감쪽같이 종적을 감추고 사라져 버렸다고 합니다."

"악벌단이요?"

진원명이 놀란 표정으로 물었다. 이익겸이 고개를 끄덕였다.

"지금이 벌써 닷새쨴데 따라간 이들 중엔 아무도 돌아온 사람이 없고 달리 소식도 전해져 온 게 없다고 합니다. 역시 이렇게 센 현상금이 붙었을 때부터 뒤가 구린 느낌이 있었다니까. 내가 금자방 그자의 말을 들었다면 지금쯤… 에휴."

"흐음."

진원명이 고개를 갸웃거렸다. 악벌단은 무인 집단이니 기동력이 보통 사람들과 비교가 되지 않는다. 닷새면 철산을 대여섯 번은 왔다 갔다 하고도 남았을 시기란 것이다.

"설마 아민의 무리에게 당한 것일까?"

진원명은 문득 얼마 전 철산 입구에서 만났던 합격술을 사용하던 무사들을 떠올랐다. 그들은 정말 아민의 무리였던 것일까?

진원명은 무민에게 물어봐야겠다고 생각하고 자신의 방으

로 돌아왔다.

"오셨군요."

무민을 간병하던 주민국이 돌아보았다.

"약은 가져왔습니까?"

언제나처럼 인상을 살짝 쓰고 있는 구장혁이 물었다. 진원명이 손에 든 약봉지를 들어 보였다.

"이제 두 분은 내려가 보셔도 좋습니다. 제가 할 테니……"

진원명의 대답에 주민국이 멋쩍게 웃었다.

"아니, 전 상관없는데……."

"사매, 어서 나가지. 여기서 계속 있을 거야?"

구장혁이 재촉했다. 주민국은 살짝 토라진 표정이 되어 방을 나섰다.

"주 소저가 아주 지극정성이군요."

진원명이 피식 웃으며 약봉지를 풀고 약탕기를 가져와 약을 달이기 시작했다.

"그녀가 내게 잘해주는 만큼 그녀 사형이 나를 미워하는 듯하니 그 정성을 좋아해야 할지 싫어해야 할지 모르겠습니다."

무민 또한 힘없이 웃으며 대꾸했다.

"표식은 남겨두었습니다."

진원명이 말했다. 무민이 고개를 살짝 끄덕였다.

한유민에게 연락하기 위한 표식을 말하는 것이었다.

"한데 오늘 이상한 소문을 들었습니다."

무민은 되묻지 않고 의아한 표정으로 진원명을 바라보았다. 힘이 없다 보니 말을 아끼는 것이다.

"악벌단을 아시겠죠. 그들이 최근 사라져 버렸다고 합니다. 바로 아민의 무리를 쫓던 도중에요."

"흠, 결국 충용위가 그들의 유인에……."

무민이 나직이 중얼거렸다. 진원명이 의아한 표정으로 무민을 바라보다가 무민이 말을 않자 계속 말을 이었다.

"그리고 알다시피 아민의 무리는 무 소협을 찾던 중이었죠. 이게 어찌 된 일인지 아시겠습니까?"

무민이 고개를 살짝 끄덕였다.

"대충 알 것 같습니다."

무민은 뭔가 아는 것이 있는 모양이었다.

"혹시 아민의 무리가 악벌단을 제압한 것입니까?"

진원명의 질문에 무민은 고개를 저었다.

"그들, 충용위는 수도 적고, 그렇게 할 만큼의 힘도 없습니다."

무민이 말한 충용위가 바로 아민의 무리를 일컫는 말인 듯했다.

"그럼 어떻게 되었다는 것입니까?"

진원명의 질문에 무민은 잠시 머뭇거리다가 대답했다.

"아마 그들은 함정에 걸렸을 것입니다."

"함정?"

진원명이 눈을 크게 떴다. 무민이 고개를 끄덕였다. 진원명이 이해가 가지 않아 물었다.

"다른 누구의 함정이란 말입니까? 그들은 아민의 무리를 쫓아가고 있었는데……."

"원래는 충용위를 노리는 함정이었습니다. 하지만 악벌단도 충용위를 쫓아와서 함께 걸리게 된 것입니다."

진원명은 깨달았다.

"한강민이라는 사람이 파놓은 함정인 것입니까?"

무민은 가볍게 한숨지었다.

"자세한 내용을 설명하려면 이야기가 길어질 듯합니다. 한강민은… 따지고 보면 우리에게 그렇게 무서운 존재가 아닙니다. 정말 무서운 것은… 철영이라는 자입니다."

또 철영이란 자의 이야기인가?

"한유민 공자에게, 그리고 연 기주에게 들었습니다. 철영이란 자가 개입하고 있고, 그자 때문에 무 소협이 납치된 것이라고요."

"두 분을 만나셨군요. 당신이 우연히 날 찾은 것이라고 생각하기엔 좀 마음이 걸렸습니다. 그들이 어떻게 내가 있는 곳을 알아낸 것입니까?"

"아, 아니오. 그들을 만나긴 했지만 내가 무 소협을 찾은 것은 정말 우연이었습니다. 오히려 내가 묻고 싶을 정도입니다. 철산에 있다고 들었는데 왜 이곳에 있는 겁니까?"

무민은 진원명의 이야기에 잠시 고민했다.

"음, 내가 지난 사정을 제대로 듣지 못해서 진 소협이 어디서부터 관여했는지 알 수 없군요. 그들은 진 소협을 언급한 적이 없었는데… 진 소협이 내가 철산에 있다는 것을 알았다면 꽤 많이 알고 있다고 봐도 될 것 같군요."

진원명이 머뭇거리다가 대답했다.

"사실 한유민 공자가 나와 은 소저에게 당신을 구하는 것을 도와달란 부탁을 했습니다. 하지만 그러는 도중 아민을 만나서… 저는 그냥 이 일에 손을 떼고 집으로 돌아가던 도중이었습니다."

무민이 알겠다는 듯 살짝 웃었다.

"아민이 조금 심하게 말을 했다 해도 이해하십시오. 아마 당신이 일에 말려들어 피해를 보는 것을 원하지 않았을 겁니다. 원래 정이 많은 아입니다."

무슨 일이 있었는지 꿰뚫어 보는 듯한 무민의 말에 진원명이 머쓱한 표정을 지었다.

"그리고 은 소저와 함께라면… 정체불명의 대단한 고수가 나타나 일을 방해했단 이야길 들었는데 그게 당신이었습니까?"

무민이 문득 놀란 표정으로 물었다. 진원명이 고개를 살짝 끄덕였다.

"아마도, 세 얘긴 듯하군요. 그런데 붙잡혀 있었다면서 그런 사실을 어떻게……."

"그들이 다 이야기해 줬습니다. 일을 하나 처리할 때마다 내게 보고하고 허락도 맡는걸요."

무민이 고개를 저으며 그렇게 말했다.

"그게 무슨 소립니까?"

"이 일을 꾸민 것은 철영이라는 자입니다. 그리고 그자는 내 충실한 수하죠."

대적(大敵) 2

잠시 두 사람 사이에 침묵이 흘렀다.

철영이 그처럼 충실한 수하라면…

"설마… 당신이 이 모든 일을 꾸민 것입니까?"

진원명이 경직된 표정으로 물었다. 무민은 피곤한 표정으로 고개를 저었다.

"아닙니다. 그자는 충실한 수하이면서 지지리도 말 안 듣는 수하거든요."

진원명은 진지한 상황에 어울리지 않는 무민의 말에 허탈한 웃음을 흘렸다.

"도무지 무슨 말인지 이해를 할 수가 없군요."

"그냥 말 그대로의 의미입니다. 그자는 지금 나를 위한다는 이유로 내 수하들을 해치려 들고 있습니다. 그것이 내가 원하는 것이 아님에도요."

"후, 당신을 위한다는 자가 이처럼 사람을 굶겨 죽을 지경까지 만든단 말입니까?"

진원명이 묻자 무민이 고개를 저었다.

"밥을 거부한 것은 저 자신입니다. 철영이 제 말을 듣지 않으니 이런 식으로라도 거부한 것이지요."

진원명이 황당하다는 표정으로 무민을 바라봤다. 주군이 수하가 말을 듣지 않아 단식 투쟁한다는 것은 서로 입장이 반대인 것이 아닌가?

"뭐, 어이없게 들린다는 것 잘 압니다. 하지만 내가 그처럼 힘이 없답니다. 저항할 수 있는 방법이 그것뿐이었지요. 어쨌든 내가 굶어 죽을 지경이 되니 철영도 걱정이 되는지 절 의원에게 보이기 위해 이처럼 마을 근처로 보낸 것입니다. 어떻게든 마을로 내려간다면 한유민 형에게 연락을 해보려 했는데 이자들은 그런 빈틈도 보이지 않고 동굴까지 의원들을 납치해 와 나를 보이더군요. 결국 실패구나 하고 포기하고 있었는데 그래도 이처럼 진 소협에게 구해졌으니 그래도 내 저항이 아주 무의미한 것은 아니었던 모양입니다."

무민이 빙긋 웃었다.

진원명은 무민의 말에서 기이함을 느꼈다. 무민과 함께인 자들은 모두가 그 중심에 무민을 두고 있었다. 이처럼 수하들에게 휘둘리는 힘없는 주군이지만 그러면서 수하들 모두의 위험을 감수하면서까지 보호해야만 하는 주군.

예전부터 의문이었다. 도대체…

"도대체 당신은 누굽니까?"

진원명은 진지한 표정으로 무민을 바라보았다. 무민은 진원명의 시선을 물끄러미 바라보다가 물었다.

"그것을 알고 싶습니까?"

진원명은 이내 깨달았다. 무민의 정체라는 것을 아는 것이 무민뿐 아니라 자신에게도 별달리 좋은 일이 아니게 될 것임을 말이다.

"아닙니다. 알아봐야 서로에게 해가 되기만 하겠군요. 쓸데없는 질문을 한 것 같습니다."

진원명이 고개를 저으며 말했다. 진원명의 대답을 들은 무민의 눈살이 살짝 찡그려졌다.

"당신도… 그렇게 생각하십니까?"

무민의 반문에 진원명이 의아한 표정을 지었다.

"무슨 말입니까?"

"정말 서로에게 해가 되기만 할까요?"

무민은 진지한 표정으로 진원명을 바라보고 있었다. 진원명이 의아하다는 듯 말했다.

"질문하는 의도를 모르겠군요."

"언젠가… 한 형도 진 소협처럼 말하더군요. 하지만 과연… 자신을 누군가에게 드러내고 이해시키는 것이 그렇게 무가치하기만 한 일일까요?"

진원명은 뭐라 대답해야 할지 모르는 얼굴로 무민을 바라보았다.

무민이 잠시 뭔가 생각하더니 이내 표정을 풀고 머쓱하게 웃으며 고개를 저었다.

"이거, 나야말로 쓸데없는 이야기를 했군요. 진 소협은 신경 쓰지 마세요."

두 사람의 대화는 잠시 끊겼다. 무민이 하려던 말이 뭔지 생각해 보던 진원명은 잠시 후에야 방금 전 자신들이 이야기하던 주제를 떠올렸다.

"그럼 철영이라는 자가 악벌단과 그… 충용위 두 세력을 모두 함정에 빠뜨렸단 말입니까?"

무민은 진원명의 말에 대답하지 않고 뭔가를 생각하는 듯하더니 말했다.

"지금이 그들이 사라진 지 닷새째라 하였나요?"

"그렇습니다."

진원명이 고개를 끄덕였다.

무민이 흠, 하고 고민하다가 말했다.

"그럼 아직 시간이 있을지도 모릅니다. 아마 그들은 내일

쯤 그 장소에 도달할 것입니다. 악벌단의 연락이 두절됐다는 것은 아마 철영이 뒤에 사람을 남겨 연락이 가는 것을 차단했기 때문일 테고요."

진원명은 무민의 말에서 얼마 전 길을 가다 만났던 합격술을 사용하던 사내 네 명을 떠올렸다.

"그러고 보니 얼마 전 철산 근방에서 당신들이 쓰는 무공과 비슷해 보이는 무공으로 합격술을 펼치는 자들을 만났습니다."

"아마 철영의 수하들일 것입니다. 철영은 내 수하들 중 수뇌부와의 마찰 때문에 오래전에 우리 집단을 떠났었습니다. 그간 철영은 상당한 세력을 등에 업고 실력있는 무인들도 여럿 키워낸 듯 보이더군요."

무민은 그렇게 말하며 몸을 일으켰다.

"뭐 하는 것입니까?'

"아직 시간이 있으니 시도는 해봐야겠습니다. 운이 좋아 수하들을 만난다면 함정에 애초에 빠지지 않도록 할 수 있을지도 모릅니다."

무민은 그렇게 말하며 침대에서 내려왔지만 몇 걸음 걷지 못하고 힘이 빠지는 듯 벽에 기댔다.

진원명이 눈살을 찌푸렸다.

일단은 자신의 몸부터 추슬러야지 이런 몸으로는 제대로 돌아다닐 수조차 없을 것이다.

"무리입니다. 그런 몸으로는……."

진원명은 무민을 부축하기 위해 다가갔다. 무민은 심호흡을 하며 고개를 끄덕였다.

"진 소협의 말이 맞군요. 아무래도 도와줄 사람이 필요할 것 같습니다."

무민이 이어 고개를 들고 진원명을 바라보았다.

"진 소협이 절 좀 도와주시겠습니까?"

진원명은 순간 무민을 부축해 가던 동작을 멈칫했다.

방금 전 당연하다는 듯 그러겠다고 대답하려 했기 때문이다.

얼마 지나지도 않았는데 벌써 잊고 만 것인가?

진원명은 의식적으로 뒤로 한 발자국 물러났다. 그리고 다시 떠올렸다.

그들에 대한 속박을 끊고, 자유롭게 새로운 인생을 시작하겠다고 결심했던 것을 말이다.

진원명은 무민을 바라보았다. 자신을 바라보는 무민의 눈빛이 의아한 빛을 띠다가 이내 평온함으로 바뀌었다.

아마 자신의 태도에서 대답을 짐작한 것이리라. 진원명은 그것을 알 수 있었다.

무민의 입이 열리려 했다. 진원명은 그 입에서 무슨 말이 나올지도 알 수 있었다. 때문에 진원명은 그보다 먼저 입을 열었다. 진원명은 무민이 자신의 대답에 대한 죄책감마저 덜어가 버리는 것을 용납할 수 없었다.

　진원명의 무감정한 목소리가 울려 퍼졌다.

　"난 더 이상 당신들과 관련되고 싶지 않습니다."

『귀혼』 5권에서…

눈길발길 쏙쏙 끄는 **비법이 가득!**
왕성한 가게 만드는

잘나가는
가게 노하우
151 가지

고다 유조 지음
김진연 옮김
가격 9,800원

물건이 팔리지 않는 시대!
왕성한 가게 만드는 비법이 가득!

가게 안에 웅덩이를 만들어라
조명만 조금 바꿔도 매출이 팍 늘어난다
보기 쉽고, 집기 쉬운 가게 배치는 '경기장 형'이 최고 등등
가게에 실제로 적용했을 때 매출이 오른 노하우만 알차게 수록
외관, 입구, 배치, 내장, 조명, 디스플레이에서 사원교육까지

도움이 되는 '발견'이 가득가득.
당신 가게를 회생시키기 위한 소중한 책!

유행이 아닌 자유추구 -
WWW.chungeoram.com